LA

TERREUR BLANCHE

SAINT-DENIS. — TYPOGRAPHIE DE PREVOT ET DROUARD.

LA TERREUR BLANCHE

1815 ET 1816

PAR

ALBERT MAURIN

PARIS

AUX BUREAUX DU NOUVEAU MONDE

102, RUE RICHELIEU.

1850

Les pages suivantes sont détachées d'un récit complet
des trente-quatre dernières années de la monarchie.

J'ai cru faire œuvre de bon citoyen en les publiant à
part, en une brochure qui sera lue, je l'espère, dans les
villes et dans les campagnes. L'amour-propre d'auteur
n'a rien à voir ici; l'amour de la vérité m'anime seul.

Il est utile, dans les circonstances présentes, de faire
ressouvenir le pays de ce que coûtent les Restaurations,
bon an mal an. Je ne parle pas du milliard de la con-
tribution de guerre payé à la Sainte-alliance, non plus
que du milliard octroyé au parasitisme d'une aristocratie
besogneuse et fainéante. Il s'agit des flots de sang versés sur l'autel de cette déesse barbare, que ses prêtres
appellent *Modération*, et que le bon sens des masses a
flétrie de son nom véritable, qui est : RÉACTION.

Une autre pensée m'est venue.

Dans leur haine implacable ou dans leur effroi puéril,
tous les vieux partis se liguent contre ce parti nouveau qui
demande à la *Science sociale*, c'est-à-dire à l'étude des

souffrances infinies du peuple, l'amélioration de la société.

Chose monstrueuse : des législateurs venus en droite ligne de l'assemblée du Jeu de Paume, des soldats de la Grande Armée, eux ou leurs fils, serrent la main des proscripteurs de 1815 !

Que dis-je ? celui que les traditions de la famille et les liens du sang, à défaut du cœur et du patriotisme, devaient le plus éloigner d'un pareil contact, a été le premier à signer de son nom historique, cette alliance hybride, que l'histoire racontera et ne croira point.

Non, ce pacte ne saurait durer : la morale publique le repousse ; la France tôt ou tard le déchirera. Une voix s'élèvera du fond des consciences obscurcies ; elle dira aux Hommes des souvenirs impériaux :

« Les *honnêtes gens* de la restauration ont assassiné, fusillé vos pères ; ils les faisaient monter sur l'échafaud des cours prévôtales, en les appelant les brigands de la Loire ! »

Et aux Bourgeois de 1848 :

« Votre mère, la bourgeoisie de 1820, était traînée aux gémonies par les royalistes, et dénoncée comme le fléau de l'ordre, de la propriété et de la famille ! »

Vous étiez les socialistes de l'époque.

ALBERT MAURIN.

Paris, février 1850.

LA

TERREUR BLANCHE

L'armée française a été trahie par le sort des armes ; elle vient d'ouvrir les frontières à la coalition des rois ; les cadavres de nos meilleurs soldats couvrent les champs de Waterloo ; la félonie s'est glissée encore une fois dans les rangs des généraux, des diplomates et des ministres. Blücher et Wellington marchent sur Paris, et les Bourbons attendent l'heure propice pour recueillir les fruits de l'invasion. Déjà Louis XVIII est au Cateau-Cambrésis, d'où il adresse une proclamation à ses sujets (25 juin 1815).

Ce n'est plus le langage d'un prince oublié dans l'exil, qui compose avec tout le monde pour se créer des partisans ; c'est le manifeste d'un roi décidé à marcher dans le sang, s'il le faut, pour remonter sur le trône d'où les conspirateurs l'ont fait descendre un instant :

« Aujourd'hui que les puissants efforts de nos alliés, dit-
« il, ont dissipé les satellites du tyran, nous nous hâtons
« de rentrer dans nos États, pour réparer les maux de la
« révolte, récompenser les bons, et mettre à exécution les
« lois existantes contre les coupables !

La Terreur blanche a sa préface.

PREMIÈRE PROSCRIPTION
DES BONAPARTISTES.

. . . .

Quelques actes ministériels furent le prélude des prochaines vengeances du pouvoir. M. Pasquier, chargé par intérim de deux portefeuilles, s'était adjoint comme secrétaires généraux, M. Guizot à la Justice et M. de Barante à l'Intérieur. La multiplicité des services, les embarras que ses doubles fonctions imposaient à M. Pasquier, donnent le droit de supposer que ses subordonnés prirent une part active aux mesures qui signalèrent son administration. M. Guizot débutait alors dans la pratique des affaires; et quoique placé sur le second plan, c'était déjà cet esprit dogmatique, hautain, dévoré d'ambition, rivé au pouvoir, dès que le pouvoir lui était ouvert, que l'on vit plus tard jouer dans l'histoire de notre pays un de ces rôles superbes et acharnés, qui faisaient jadis des parodies de Richelieu et ne font plus aujourd'hui que des provocateurs de révolutions. Le jeune secrétaire général de la justice, s'il n'en eut pas l'initiative et la solidarité officielle, ne donna pas moins son concours à l'épuration de la magistrature entreprise par M. Pasquier, ainsi qu'à une circulaire fameuse qui transforma les tribunaux en des instruments aveugles de haines politiques. Une ordonnance royale rendue le 13 juillet 1815 sur la proposition du garde des sceaux, avait expulsé de leurs siéges les membres de la cour de cassation, de la cour des comptes, des cours d'appel, des tribunaux de première instance et des tribunaux de paix nommés pendant les Cent-Jours; elle imposait une nouvelle investiture, soit aux officiers ministériels entrés en fonctions depuis le 20 mars, soit à ceux qui depuis la même époque avaient changé de résidence et de titre. La circulaire préparée et expédiée par M. Guizot à la suite de ces épurations, fut une incitation aux rigueurs de la magistrature dans les procès nombreux qui allaient lui être déférés. Comme si, dans les mauvais jours, les magistrats, avec les vices de notre organisation sociale, n'étaient pas assez enclins, par leur propre penchant, par leurs passions personnelles, à frapper des coupables partout où ils trouvent des vaincus !

L'opinion publique, déjà si péniblement attristée des malheurs de l'invasion, vit avec effroi la pente fatale que suivait la Légitimité. Le langage des royalistes faisait également pressentir qu'une série d'actes arbitraires suspendrait bientôt l'empire de la Constitution. C'était dans leurs journaux, dans leurs brochures, des appels incessants aux tribunaux exceptionnels, aux mesures extrà-légales; des flots d'injures répandus sur les débris de nos valeureuses armées, sur ceux qu'on appelait les *brigands de la Loire*, des soldats rebelles et des chefs factieux! L'alarme était générale; lorsque tout à coup de sinistres rumeurs circulèrent dans Paris. On disait que des bandes armées parcouraient les départements du Midi en proie à la terreur; que plusieurs patriotes avaient été massacrés ; qu'un plus grand nombre, voués au fer des assassins, étaient en fuite; que les autorités locales, loin de sévir contre les coupables, semblaient les exciter ou tout au moins les couvrir d'une mystérieuse protection. Les journaux, intimidés par la pression de la police, ne révélaient rien de ces faits ; mais les voyageurs et les correspondances particulières apportaient des détails précis. Un régiment, après avoir rendu les armes aux bandes royalistes, à la suite d'une capitulation en due forme, aurait péri tout entier dans un horrible guet-apens. Ces bruits en se propageant arrivent peu à peu à des proportions exagérées. On ajoute que depuis quelques jours Fouché a secrètement fait avertir plus de soixante personnages haut placés, de sortir de Paris et même de France. On parle d'un immense ostracisme enveloppant tous les citoyens qui ont joué un rôle dans les Cent-Jours, si minime qu'il soit. L'ordonnance du 24 juillet paraît dans ces circonstances. En limitant le nombre des coupables, elle rassure les esprits superficiels qui, en politique, se paient des apparences et des mots. Par les hommes intelligents,

elle est regardée comme le signal des plus lamentables représailles. Lorsque les passions politiques bouillonnent dans
les masses, il suffit que le pouvoir sorte des strictes limites
d'une justice rigoureuse, pour qu'elles ne connaissent plus
de frein. Il les approuve par son inaction ; il les attise, si
lui-même se laisse aller aux funestes entraînements de ses
antipathies. Alors il en devient le complice, et il porte
toute la responsabilité de leurs écarts. Voici cette ordonnance de proscription :

« LOUIS, par la grâce de Dieu, roi de France et de Navarre,

« Voulant par la punition d'un attentat sans exemple, mais en gra-
duant les peines, et limitant le nombre des coupables, concilier l'intérêt de nos peuples, la dignité de notre couronne et la tranquillité
de l'Europe avec ce que nous devons à la justice et à l'entière sécurité de tous les autres citoyens sans distinction,

« *Avons déclaré et déclarons, ordonné et ordonnons ce qui suit :*

« ARTICLE PREMIER. — Les généraux et officiers qui ont trahi le
roi avant le 23 *mars* ou qui ont attaqué la France et le Gouvernement
à main armée, et ceux qui, par violence, se sont emparés du pouvoir,
seront arrêtés et traduits devant les conseils de guerre compétents,
dans leurs divisions respectives, savoir : *Ney, Labédoyère*, les deux
frères *Lallemant, Drouet d'Erlon, Lefebvre-Desnouettes, Ameihl,
Brayer, Gilly, Mouton-Duvernet, Grouchy, Clauzel, Laborde, Debelle,
Bertrand, Drouot, Cambronne, Lavalette, Rovigo.*

« ART. II. — Les individus dont les noms suivent, savoir : *Soult,
Alix, Excelmans, Bassano, Marbot, Félix Lepelletier, Boulay* (de la
Meurthe), *Méhée, Freissinet, Thibaudeau, Carnot, Vandamme, La-
marque, Lobau, Harel, Piré, Barrère, Arnault, Pommereuil, Re-
gnault* (de Saint-Jean-d'Angely), *Arrighi* (de Padoue), *Dejean* fils,
Ganeau, Réal, Bouvier-Dumolard, Merlin (de Douay), *Durback,
Dirat, Defermon, Bory-Saint-Vincent, Félix Desportes, Garnier* (de
Saintes), *Mellinet, Hullin, Cluys, Courtin, Forbin Janson* fils aîné,
Lelorgne d'Ideville, sortiront dans les trois jours de la ville de Paris,
et se retireront, dans l'intérieur de la France, dans les lieux que notre
ministre de la police générale leur indiquera, et où ils resteront sous
sa surveillance, en attendant que les Chambres statuent sur ceux
d'entre eux qui devront ou sortir du royaume, ou être livrés à la
poursuite des tribunaux.

« Seront sur-le-champ arrêtés ceux qui ne se rendraient pas au
ieu qui leur sera assigné par notre ministre de la police. »

. . . .
. . . .

Les sourdes rumeurs qui avaient précédé la promulgation de l'ordonnance royale du 24 juillet, n'étaient que trop motivées. La terreur régnait sur le midi de la France, et s'étendait peu à peu, prête à l'inonder tout entière de larmes. Marseille avait eu ses massacres de républicains et d'impérialistes; le Gard une nouvelle Saint-Barthélemy. Des généraux, coupables d'aimer leur patrie et de l'avoir défendue contre l'étranger, tombaient sous le fer des assassins; d'autres, traduits devant les conseils de guerre, allaient périr sous des balles françaises. Des commissaires royaux parcouraient les provinces, allumant les feux de la guerre civile, répandant sur leurs pas l'effroi et la consternation. La Vendée s'agitait, non plus pour relever le trône, puisque Louis XVIII était aux Tuileries, mais pour appuyer par son attitude les folles espérances d'une faction impie, qui voulait effacer vingt-cinq années de notre histoire sous une large tache de sang.

Il nous comblerait de joie, celui qui viendrait nous dire, après le récit de ces temps funestes, que nous avons amplifié notre indignation, et que les royalistes de 1815 n'ont point mérité le stygmate que nous venons de leur appliquer; celui qui nous surprendrait en flagrant délit d'exagération! Mais des témoins de cette époque sont encore parmi nous. Mais quelques-uns des tristes héros de ce drame siégeaient hier dans nos assemblées parlementaires; que dis-je, ils y siégent encore, et le suffrage des républicains s'est égaré sur ceux qui refusaient alors à des accusés le secours de leur parole contre des tribunaux draconiens. Louis XVI, sous la république, avait trouvé des défenseurs; sous la Terreur blanche, des citoyens marchèrent au supplice sans qu'une voix eût osé se faire entendre en leur faveur, et balbutier devant un conseil de guerre les banalités d'un avocat d'office.

LA TERREUR BLANCHE A MARSEILLE.

C'est à Marseille que retentit, le 25 juin 1815, le signal de cette terreur dont les longs crêpes couvrirent pendant deux années le pays. Marseille, à d'autres époques, laissa des souvenirs glorieux. La part qu'un grand nombre de ses enfants prirent à la journée du 10 août, lui avait valu l'honneur de donner son nom à l'hymne du Tyrtée moderne. *La Marseillaise* de Rouget de Lisle est un monument de patriotisme de cette antique cité républicaine. Par quel renversement de toutes ses traditions vint-elle, en 1815, à étonner les ultra-royalistes mêmes par ses fureurs blanches? Disons-le bien vite, les forfaits que nous allons raconter furent l'œuvre d'un millier de misérables et d'un comité directeur qui exploita avec habileté les circonstances et les dispositions des esprits. L'immense majorité de la population resta étrangère à ces journées de deuil. Ruinés par la guerre et le blocus des Anglais depuis la rupture du traité d'Amiens; les Marseillais, dont le commerce est toute la richesse, soupiraient après le retour de la paix. De là une partie de leur engouement pour les princes légitimes, lors de la première restauration. L'influence des prêtres, qui s'est conservée vivace dans nos provinces du Midi, acheva de les royaliser. Puis les agents des Bourbons promettaient de faire rendre à leur port les immunités et franchises dont il jouissait sous l'ancien régime. Enfin les dernières conscriptions avaient rempli les montagnes de réfractaires : autant de séides qui saluaient avec frénésie la chute de l'empereur. On conçoit la consternation qui s'empara des négociants marseillais, lorsqu'ils apprirent le retour de l'île d'Elbe, la fuite du roi et l'entrée de Napoléon à Paris. Avec Napoléon, venait encore la guerre, c'est-à-dire la misère. Maintenant, dans un milieu ainsi préparé, jetez quelques fanatiques que l'ardeur du soleil méridional exaltait jusqu'à la folie; quelques émissaires de l'émigration animés de tout le dépit, de toute la honte de leur récente défaite; des ambitieux qui voulaient ressaisir leurs places, et vous aurez le 25 juin 1815; date funeste que tout Marseillais voudrait oublier.

Ce jour-là, se répandit dans la ville le bruit de la perte de la bataille de Mont-Saint-Jean. Aussitôt se manifeste une grande fermentation. Le maréchal Brune, nommé par Napoléon au commandement de la 8e division militaire et du 6e corps d'observation chargé de défendre la ligne du Var, s'était rendu depuis peu à Toulon. Le général Verdier, commandant de la place et de la garnison, ne montre pas toute la fermeté qu'exigent des événements difficiles. Des groupes se forment où l'on commente la nouvelle de nos désastres. Des cris de *vive le roi!* se font entendre. On ajoute que Louis XVIII est à quelques lieues de Paris. Une bande de portefaix, accompagnée de gardes nationaux, se dirige vers un café fréquenté par les patriotes et les officiers du Bataillon Sacré (¹). Aux provocations des royalistes, ceux-ci répondent par le cri de *vive l'empereur!* Un conflit est imminent. Le général Verdier accourt avec un détachement du 13e de ligne. Au lieu de faire rentrer les agitateurs dans le devoir, il parlemente avec eux et confirme la défaite des armées françaises. « Mes amis, dit-il, ne criez ni vive le roi, « ni vive l'empereur. Criez : *Vive la nation!* c'est le seul « cri qui soit permis aujourd'hui. » Et joignant les actes aux paroles, il fait enlever par un grenadier le buste de l'empereur placé dans le café. Une conduite aussi imprudente allait produire les plus affreux malheurs. Instruit de ce qui se passe, le comité royaliste de Marseille se réunit et attise la révolte. Ce comité n'avait cessé de fonctionner depuis le 20 mars; il correspondait avec d'autres foyers de conspirations établis à Toulon, à Aix, à Nîmes, à Avignon. Des chefs sont envoyés par ses soins dans la banlieue, pour ramasser tous les réfractaires et insurger les campagnes, en propageant de sinistres rumeurs. La garnison s'était ré-

(¹) Bataillon d'officiers mis à la demi-solde par la restauration.

fugiée dans le fort Saint-Jean. Les émeutiers essaient de prendre un poste du Bataillon Sacré. Dans la mêlée, un jeune homme tombe frappé d'un coup de feu. Aussitôt le comité fait battre le rappel dans toutes les rues et sonner le tocsin. Le drapeau blanc est arboré : c'est l'heure des massacres.

Des paysans armés de pioches, de fusils et de bâtons noueux, des volontaires de l'armée du duc d'Angoulême, des gardes nationaux, des femmes, honte de leur sexe, envahissent les maisons des bonapartistes. Cette première journée vit périr, avec des circonstances atroces, plusieurs centaines de mameluks (¹), hommes, femmes et enfants; un grand nombre de soldats de la garnison, surpris isolés, et plusieurs citoyens, entre autres le menuisier Marey, connu pour ses opinions républicaines; un employé de la police, nommé Jouffret; un vieillard nommé Beyssière, accusé par la rumeur publique d'avoir soutenu en 1793 le parti montagnard, et deux inconnus, le père et le fils, dont les assassins se firent un épouvantable jouet. Liés dos à dos, jetés au milieu d'un cercle de cannibales, les coups de bâtons, de pierres, de crosses de fusil faisaient jaillir le sang du père sur le fils, et le sang du fils sur le père (²). Les bourreaux suspendaient de temps en temps le supplice, afin de le prolonger.

Pour réprimer de tels crimes, le général Verdier ne trouve pas une résolution énergique. Craignant peut-être de se compromettre auprès des Bourbons, dont le retour lui paraît prochain, il ordonne la retraite sur Toulon; le soir même, le 13ᵉ régiment d'infanterie, trois escadrons de chasseurs, une batterie d'artillerie et le Bataillon Sacré formant la garnison, se mirent en route pour rejoindre l'armée du maréchal Brune. Cette retraite fut marquée par de nouveaux assassinats. Embusqués derrière les murs des bastides, des

---

(¹) Ces mameluks étaient venus en France avec l'armée d'Égypte. Établis à Marseille avec leurs familles, ils y vivaient de petites pensions que leur faisait le gouvernement impérial.

(²) *Marseille et Nîmes en 1815*, par Ch. Durand.

volontaires royaux et des paysans criblaient les troupes de coups de fusil, tandis que d'autres les harcelaient, achevaient les mourants et s'emparaient des traînards, immolés aussitôt.

Maîtres de la ville, les royalistes commencèrent à se diviser. Les uns voulaient imprimer au mouvement un caractère régulier, faire de la Provence une Vendée, et ne point user l'ardeur des Marseillais dans des meurtres obscurs. Ils organisèrent, sous la présidence du maire Raymond, un nouveau centre d'action, qu'ils appelèrent *Comité royaliste provisoire*, lequel publia plusieurs affiches destinées à calmer la population, à la faire renoncer aux moyens violents. Les autres persistèrent dans les brutales et sanglantes réactions, et se groupèrent autour de l'ancien Comité qui fit déchirer les placards du Comité provisoire. Celui-ci proclama au son du tambour la déchéance de Napoléon et la restauration de Louis XVIII. Les massacres continuèrent dans la journée du 26.

Des brigands, ayant à leur tête un officier supérieur de la garde nationale, (décoré de la Légion-d'Honneur pour avoir servi d'échanson au comte d'Artois, pendant un repas), se ruent sur un vieux patriote appelé Ollivier, et le fusillent après mille outrages. Les deux frères Verse, signalés aux assassins par une animosité particulière, s'étaient réfugiés chez un sieur Galibert. Tous trois sont amenés sur le Cours et assommés. Anglès-Capefigue, avocat distingué du barreau provençal, ami de Masséna et de Brune, avait fait la campagne d'Italie en 1796. Sa réputation est celle d'un homme de bien et de savoir; mais c'est aussi un bonapartiste, et dans un récent discours prononcé devant ses confrères, il a oser appeler Napoléon un héros. Le comité résolut sa mort. Prévenu des sinistres projets des royalistes, Anglès essaya de fuir; mais un agent de police arrêta la voiture dans laquelle il était caché. On le reconduit à son domicile; c'est sous les yeux même de sa femme qu'il sera immolé. Une foule hurlante l'entoure. Un élève de l'École de droit dirige les émeutiers. « Point de pitié, dit-il, c'est un *Jacobin!* » Lorsque le vieillard a rendu le dernier soupir, après de longues tortures, on le déchire à coups de couteau, et chacun arrache quelque lambeau de sa chair ! Anglès avait soixante-dix ans. Terrier, ancien soldat de la République et l'un des syndics de la boulangerie, avait illuminé ses fenêtres à la nouvelle de la victoire de Ligny. Il n'en fallait pas davantage pour qu'il fût compris parmi les victimes. Aux cris de son père que l'on traîne au supplice, Terrier fils accourt et demande grâce. C'est un jeune homme de dix-huit ans. La figure inondée de larmes, il se précipite aux genoux des sicaires. Les trouvant inexorables, il se jette dans les bras de son père; et, dans une suprême étreinte, ils reçoivent en même temps le coup fatal. Une partie de la garde nationale resta inactive pendant ces massacres. L'autre parut se plaire, dit un historien marseillais (¹), à exciter le carnage.

Parmi les citoyens qui succombèrent dans cette seconde journée, on désigne encore un employé de la police nommé Roubaud; Vincent, ancien lieutenant de gendarmerie, et Frochot, lieutenant d'infanterie retraité. Le nom des autres n'a point été conservé; leur nombre s'élève à plus de soixante. Les terroristes se répandirent le 27 dans les communes rurales; plusieurs maisons furent livrées au pillage. Une imprimerie fut dévastée. Des scènes de cannibales épouvantèrent les honnêtes gens. Tandis que des bandes d'assassins parcouraient les rues, précédées de torches, agitant des vêtements ensanglantés et poussant des clameurs sauvages, des gardes nationaux exécutaient des farandoles autour d'un monceau de cadavres. Des corps restèrent exposés plusieurs jours sur les places publiques (²).

L'entrée du roi à Paris fut à Marseille l'occasion de fêtes populaires. Quelques jours après, on s'empare d'une

---

(¹) Augustin Fabre.

(²) Tous ces faits sont empruntés à des publications locales, à des auteurs marseillais qui eussent été démentis par les acteurs mêmes de ces scènes de carnage, s'ils en avaient exagéré les détails : *Histoire de Marseille*, par Augustin Fabre : un très-bon livre, écrit avec concience et modération; *Histoire de la Révolution en Provence*, par Lardier, ancien rédacteur du *Sémaphore; Scènes méridionales,* en 1815, par Méry ; *Marseille en* 1815, par Ch. Durand, etc.

centaine de patriotes qui sont enfermés dans les cachots
du fort Saint-Jean, et une adresse est signée par tous les
membres du conseil municipal, demandant à Louis XVIII
la punition des coupables. Les coupables n'étaient pas,
on le comprend de reste, les meurtriers d'Anglès, de
Beyssière, des mameluks, mais les parents, les amis
de ces infortunés. « La nation ne sera rassurée contre
« leurs délirantes et criminelles entreprises, disait cette
« pétition, que lorsque Votre Majesté, suspendant mo-
« mentanément les effets de sa clémence pour ne con-
« naître que la justice, les aura tous frappés du glaive
« des lois ! »

LA TRREUR BLANCHE A AVIGNON.

Pour être les secondes en date, les tueries d'Avignon ne le
cèdent en rien à celles de Marseille. Une partie du département de Vaucluse s'était insurgée en apprenant les revers de
l'armée française. Jusqu'au 17 juillet, le zèle des royalistes
ne se manifesta que par des vociférations, des menaces, des
promenades tumultueuses. Les patriotes s'étaient organisés
dans ce département en compagnies de fédérés. Dans la
nuit du 16 au 17, une dépêche ayant apporté la nouvelle
de la capitulation de Paris, les fédérés se réunissent à
l'Hôtel-de-Ville, et décident qu'ils se retireront dans le
département de la Drôme avec leurs familles. Des charret-
tes sont préparées pour transporter les femmes, les vieillards, les enfants et quelques invalides. La garnison se joint
à ce mouvement de retraite; Avignon, comme Marseille,
est abandonnée aux sombres vengeances. Nous avons dit
que chaque ville du Midi avait son comité royaliste; celui
de l'ancienne capitale du Comtat déchaîne contre les bonapartistes une populace ignorante, à laquelle on fait croire
que la révolution du 20 mars a eu lieu aux cris de : *Mort
aux prêtres! Vive la guillotine!*

2.

Les fédérés sont à peine éloignés, que le pillage commence. La succursale de l'Hôtel des invalides est assiégée par une multitude ivre de colère. Après de vains efforts, elle se disperse sans avoir pu pénétrer dans cet asile de la gloire nationale : l'exécution de ses affreux projets n'est qu'ajournée. Les malheureux invalides sortent bientôt de l'hôtel, rassurés par les autorités qui leur promettent une protection efficace. Mais ils tombent l'un après l'autre dans des guet-apens. Le fer, le feu et l'eau sont les instruments des bandits, qui noient, poignardent ou fusillent des vieillards mutilés au service de la patrie.

Ces forfaits s'accomplissaient sous les yeux des magistrats, impuissants à les réprimer, il faut le reconnaître. Les royalistes modérés, qui formaient la majorité de la garde nationale, refusaient de sévir contre des hommes dont ils partageaient les opinions; et des agents provocateurs venus de Paris, des commissaires du roi, des émigrés qui se vengeaient de leur exil de vingt-cinq années, encourageaient les brigands et paralysaient l'action de la justice, quand la justice se réveillait par hasard. C'est ainsi qu'un digne magistrat, M. Puy, maire d'Avignon, avec l'aide d'une garnison autrichienne, essaya inutilement de mettre un terme à ce débordement de crimes. L'âme navrée de douleur, il donna au bout de quelques semaines sa démission, pour ne point attacher son nom à de semblables souvenirs.

Conduits par Cadillac, Pointu, Magnand, Nadaud, portefaix ou bateliers sur le Rhône, et par l'émigré Giraud, à la solde du comité, les assassins s'étaient répandus dans les communes pour frapper tous les fonctionnaires qui avaient servi *l'usurpateur*. Quand ils ne trouvaient pas ceux qu'ils cherchaient, ils saccageaient et livraient aux flammes leur habitation. Voici en quels termes Giraud racontait lui-même ses exploits : « J'ai accoutumé mon « cheval à courir sus aux fédérés. Il les sent d'une lieue à la « ronde. Mon coup favori est de leur mettre mon pistolet « à l'oreille et de leur faire sauter la cervelle. J'en ai tué dix- « sept. » Un propriétaire de Loriol, le bonapartiste Carles, fut tué de cet manière par ce monstre, qui eut l'audace de se présenter ensuite chez le maire de la commune, avec ses compagnons, pour prendre sur les registres publics l'adresse des autres patriotes (¹).

Tous ces excès pâlirent devant le sinistre épisode que nous allons raconter.

Parmi les généraux de Napoléon, le maréchal Brune était un de ces rares fervents de la démocratie, qui avaient su conserver toute leur indépendance et toutes leurs convictions politiques, sous le régime impérial, écueil de tant de consciences vénales. Il se souvenait que la révolution était sa mère et qu'il avait contribué par son courage à assurer la liberté de sa patrie. Exerçant la profession d'imprimeur, en 1791, il avait répondu à l'appel de la France en danger. Il ne dut sa fortune rapide ni à l'intrigue ni à la faveur (²). Ce fut toujours sur le champ de bataille que ses chefs l'avancèrent jusqu'au grade de général de brigade. En l'an v, envoyé dans le Midi pour mettre un terme aux réactions royalistes, son caractère ferme mais conciliateur obtint d'heureux résultats, et sa mission lui fit honneur. Depuis, en Suisse, en Italie, en Hollande, il se distingua par son intelligence et sa bravoure. Chargé après le dix-huit brumaire de pacifier la Vendée que les D'Autichamp, les Chatillon, les Bourmont et les Lachevalerie cherchaient à plonger dans de nouveaux malheurs, Brune, employant comme en Provence les moyens de persuasion, ramena promptement la tranquillité dans ces contrées. Investi de pouvoirs illimités, il n'en fit usage que pour rendre la sécurité et le règne des lois aux populations égarées par les agents des Bourbons et de l'Angleterre. Placé à la tête de l'armée d'Italie, nommé ensuite ambassadeur à Constantinople, il montra dans ce dernier emploi que le diplomate valait le soldat, et ses conseils servirent le pays aussi bien que son épée. Napoléon lui conféra le titre de maréchal

---

(¹) *Les crimes d'Avignon depuis les Cent·Jours*, par Victor Augier.

(²) *Galerie militaire*, par MM. F. Batié et L. Beaumont, publiée en l'an viii.

pendant son ambassade; mais à son retour en France les faveurs impériales s'arrêtèrent. On le voyait rarement aux Tuileries; le rôle de courtisan ne seyait point à l'indépendance du républicain. Il y avait du Carnot chez lui.

Tels étaient les précédents du maréchal Brune, lorsque Napoléon de retour de l'île d'Elbe lui proposa le gouvernement de la Provence et le commandement de l'armée du Var. Il hésita d'abord, par une sorte de prescience des périls qui l'attendaient; une simple réflexion le décide enfin. A un de ses amis qui lui conseille de retarder son départ, il répond : « Je ne le dois pas. L'intérêt du pays doit « passer avant mes répugnances; mais je sais que je vais à « ma perte. » Il ne disait que trop vrai. Arrivé dans le Midi, le maréchal se vit en butte aux plus atroces calomnies. C'était un républicain, il représentait Napoléon : deux titres à la haine des hommes qui ne voulaient ni de la gloire ni de la liberté. Le comité royaliste publia un infâme libelle, dans lequel Brune était accusé d'avoir porté au bout d'une pique la tête de madame de Lamballe, dans les journées de septembre (¹). Le maréchal méprise ces injures, et comprime tous les ferments d'agitation. Nous l'avons vu quitter Marseille. La flotte anglaise menaçait Toulon ; d'abord il préserve cette ville de l'invasion. Mais toute résistance à l'étranger était inutile. Louis XVIII venait de rentrer à Paris. Brune, après avoir fait reconnaître l'autorité royale par ses soldats dont il calme l'irritation, dépose ses pouvoirs entre les mains du marquis de Rivière, débarqué du vaisseau de lord Exmouth, et qui s'était proclamé commissaire extraordinaire du roi. Sur ces entrefaites un ordre ministériel rappel le maréchal à Paris. Le marquis de Rivière lui donne des passeports, et il part de Toulon dans la nuit du 31 juillet au 1ᵉʳ août. On l'a averti qu'un complot est formé contre lui et qu'il sera attaqué à son passage à Avi-

(¹) Cette calomnie avait été empruntée à l'un de ces pamphlets que le cabinet de Saint-James faisait répandre sur le continent, pour rendre odieux les généraux de Napoléon et souiller leur gloire. Brune n'était point à Paris pendant les journées de septembre 1792.

gnon. Mais c'est le [marquis de Rivière lui-même qui le
détourne de se rendre par mer de Toulon au Hâvre. L'agent
légitimiste affirme que les plus grandes précautions ont
été prises pour que le voyage s'effectue sans dangers. Deux
fois cependant les voitures du maréchal sont assaillies en
route par des bandes de royalistes; il ne doit son salut
qu'à la présence de quelques patrouilles de hussards hon-
grois. Le 2 août, à dix heures du matin, il arrive sous les
murs d'Avignon et se présente à la porte de L'Oule. Un
poste de garde nationaux examine ses passeports et les
retient sous prétexte de les communiquer au major Lam-
bot, commandant le département pour le roi. Brune des-
cend à l'hôtel du Palais-Royal, pour attendre le visa du
major. Il paraît que les meneurs avaient besoin de ce retard,
afin de prévenir leurs affidés et d'ameuter la population;
car il est prouvé aujourd'hui que Brune fut condamné à
périr, par une sorte de tribunal secret (¹). Les passeports
reviennent; mais lorsque le maréchal veut s'éloigner de la
ville, une foule compacte qui s'est accumulée auprès de la
poste aux chevaux, l'accueille par des vociférations sinistres. Les voitures sont ramenées à l'hôtel du Palais-Royal
malgré l'intervention de la gendarmerie, à laquelle les volontaires royaux et la garde nationale refusent de donner
leur concours. Brune, dont la vie est menacée, rentre dans
l'hôtel et se réfugie dans la chambre numéro 3, située au
premier étage (²).

Le nouveau préfet de Vaucluse, M. de Saint-Chamans, et
le maire de la ville, cherchent à sauver le maréchal. Par
leurs ordres, la générale est battue; mais la garde urbaine
ne répond point à l'appel, tandis que les rangs des émeutiers

---

(¹) Déjà, en 1819, deux années avant qu'il fût permis à madame la
maréchale Brune de poursuivre les assassins de son mari, un écrivain
énumérant les circonstances étranges de la mort de Brune, disait :
« Et quand tout cela a l'air d'être fait au nom de la loi, on se demande si véritablement ce maréchal n'aurait pas été condamné mili-
tairement ou par quelque cour prévôtale, ce qui donnerait une appa-
rente légalité à son exécution. »

(²) Procès-verbal du juge d'instruction.

grossissent sans cesse. Une immense clameur s'élève ; on agite les piques, les haches, les fusils, les *barres* de portefaix : — « A mort ! A mort ! Au Rhône ! le brigand de la Révolution ! » L'hôtel avait été barricadé, et l'assaut dura plus de quatre heures. Les combles des maisons voisines étaient couverts d'individus appartenant aux classes supérieures, qui excitaient le peuple ; lorsque les royalistes, désespérant de l'emporter de vive force, détachent quelques-uns d'entre eux, bandits résolus, qui escaladent le Palais-Royal au moyen d'échelles dressées sur un mur de derrière. Le portefaix Guidon et le tafetatier Farge les conduisent. Ils pénètrent, par les lucarnes du toit, dans les galeries intérieures. Quatre chasseurs d'Angoulème et un sous-lieutenant de la garde urbaine, Jean-Baptiste Didier, avaient été placés de planton dans le corridor sur lequel s'ouvrait la chambre du maréchal. Ils n'opposent aucune résistance aux assassins. Farge et Guidon se présentent l'arme au poing devant le maréchal. « Que me voulez-vous ? » dit celui-ci, déchirant aussitôt quelques papiers qu'il venait de lire. C'étaient des lettres de sa femme. Farge, sans répondre, lâche la détente d'un pistolet ; mais Brune lui a saisi le poignet et détourné le bras. Guidon repousse alors son complice : « Ote-toi de devant. Tu l'as manqué, mais je ne le manquerai pas. » Et il tire un coup de carabine, sous lequel Brune tombe, traversé de part en part [1]. Au même instant des individus criaient du haut du balcon de l'hôtel : « Tout à l'heure ; nous y sommes ! » Ces paroles étaient reçues avec des bravos frénétiques.

Jusque-là, les autorités avaient fait tout ce qu'il était humainement possible de faire pour empêcher le crime. Mais, le crime accompli, elles faillirent dans leur devoir et s'associèrent aux terroristes, par un lâche et odieux mensonge. Le major commandant supérieur de Vaucluse annonça à la foule que Brune venait de *se donner la mort* [2].

[1] Réflexions relatives à Avignon et au comtat Venaissin, par M. Moureau (de Vaucluse), avocat.

[2] Procès-verbal du juge d'instruction.

En effet, un procès-verbal fut immédiatement rédigé, dans lequel on consigna, sur les dépositions de faux témoins, « que les mouvements populaires qui avaient eu lieu pen-« dant environ quatre heures, soit à l'extérieur, soit à l'in-« térieur de l'hôtel, avaient poussé à plusieurs reprises le « maréchal à la tentative de se détruire lui-même, soit au « moyen d'une arme à feu, soit au moyen d'un couteau. « Qu'après, sur les deux heures et demie, il se saisit d'un « pistolet d'arçon que tenait un chasseur d'Angoulême qui « était à la porte, et se donna la mort en se tirant un coup « de pistolet, au-dessous du cou, du côté droit. » Et comme si tout le parti royaliste briguât de justifier par ses actes les misérables instruments de leurs vengeances, quelque temps après, dans le palais des Tuileries, par les ordres du ministre de la guerre, le portrait de Brune était enlevé de la salle des Maréchaux !

Il était essentiel de faire disparaître les restes de la victime, pour que, sur l'instance des parents ou des amis du maréchal, une enquête ne vînt pas à constater que sa mort n'avait pu être le résultat d'un suicide (¹). L'aveugle fureur

(¹) Les deux praticiens requis par le juge d'instruction pour constater l'état du cadavre, MM. Louvel Bauregard, docteur en médecine, et Martin, officier de santé, constatèrent « qu'il avait deux plaies de « forme orbiculaire du diamètre de quatorze millimètres environ, « l'une située à la partie antérieure un peu latérale droite dite la-« rynx, pénétrant d'outre en outre le cou et correspondant à une « autre plaie située derrière le dos entre les deux épaules, entre la « troisième et la quatrième vertèbre cervicale. » On avait constaté également que la balle, en sortant, était allée frapper le mur à hauteur d'homme. Or, comme la plaie transversale allait d'avant en arrière et de bas en haut, pour qu'un suicide eût opéré les faits constatés, il aurait fallu « que le maréchal étant à la porte, où il se serait em-« paré du pistolet du chasseur d'Angoulême, fût revenu vers le « milieu de la chambre, se fût retourné la face vers la porte, se fût « couché le corps presque horizontalement, eût placé le bout du pis-« tolet au côté droit de son cou, eût levé la crosse en l'air, presque « à la hauteur de la tête, et dans cette attitude, lâché la détente, sans « doute avec le pouce. Alors, seulement, la balle sortant entre les

de la multitude, habilement exploitée par les agents du comité, assure pour longtemps l'impunité du forfait. Les
portes de l'hôtel ayant été brisées, une bande envahit la
chambre où le cadavre a été exposé; elle s'en empare, le
traîne dans la rue au milieu de sauvages vociférations, le
mutile à coups de pierres et de baïonnettes et le précipite
enfin dans le Rhône, espérant que les flots le conduiront
jusqu'à la mer. Deux ans après, la veuve de Brune apprenait
que le cadavre de son mari, rejeté par le fleuve entre Taras-
con et Arles, avait été recouvert de sable par un garde champêtre, puis inhumé secrètement dans la propriété de M. le
baron de Chantrouse, par son jardinier nommé Berlendier,
et un pêcheur. Elle fit procéder à l'exhumation; les dé-
pouilles mortelles furent transportées à Paris. En 1819, la
maréchale demandait à Louis XVIII de poursuivre les assassins de son mari et de venger sa mémoire calomniée par
une imputation de suicide. Sous le ministère de M. de
Serres, garde des sceaux, sa supplique est enfin accueillie et
soumise à la cour d'assises de Riom. Les preuves du meurtre
sont irrécusables; mais les coupables, avec l'appui de grands
personnages, avaient pu se soustraire à toutes les recher-
ches. Guidon fut condamné à mort par contumace.

On comprend de quelle terreur les patriotes étaient frappés dans le Midi. Abandonnés par la force publique, sans
protection, il leur était même interdit de se défendre contre
les sicaires. Sur une vague dénonciation, à la moindre
plainte, ils étaient plongés dans les cachots, ou chassés de
leur département comme suspects. Les proscriptions du
24 juillet avaient donné l'impulsion; et de même que
Louis XVIII par une simple ordonnance mettait cinquante-
sept citoyens éminents hors la loi, le caprice du plus mince
préfet disposait de la personne de ses administrés. Pour en

« deux épaules, aurait été frapper le mur presque à hauteur d'homme.
« Toutes ces choses sont impossibles, surtout de la part d'un homme
« habitué au maniement des armes. » (Examen du procès-verbal de
la mort du maréchal Brune, publié dans le deuxième cahier de la
Bibliothèque historique, tome dixième, année 1819.)

donner un seul exemple, le 7 décembre 1815 vingt-huit habitants de Carpentras, détenus dans la prison de cette ville, comme coupables d'avoir servi « l'usurpateur » ou professé des opinions républicaines, après avoir obtenu leur liberté, furent placés dans des communes éloignées de leur domicile, sous la surveillance de la police. Voici l'allocution paternelle que leur adressa le préfet :

« Vous allez rentrer dans la société qui vous avait rejetés de son sein. *C'est à vous de faire oublier par une meilleure conduite tout ce qui a pu vous exposer à la vengeance de vos concitoyens.* Si la faiblesse ou une compassion mal dirigée n'eussent point fermé la bouche à ceux qui ont des plaintes à former contre vous, vous eussiez longtemps gémi sur la perte de votre liberté, et peut-être même auriez-vous encouru des peines encore plus sévères. *Si le roi ne vous a pas jugés dignes de sa colère,* rendez grâce à sa clémence, mais n'espérez pas pouvoir en abuser. *Un propos, une démarche qui tendraient à intervertir l'ordre public, seraient punis avec la dernière rigueur.* Repoussés à jamais d'un pays dont vous seriez l'opprobre, vous iriez expier sur des bords éloignés votre-incorrigible endurcissement. »

LA [TERREUR BLANCHE DANS LE DÉPARTEMENT DU GARD.

Dans le Gard, la réaction politique s'augmenta de toutes les ardeurs du fanatisme religieux. Ce département renfermait en 1815 une population de trois cent vingt-deux mille habitants, dont le tiers appartenait à l'église calviniste. La proportion est encore la même aujourd'hui. Les protestants, dont l'existence n'était point légale en France avant les réformes imposées à Louis XVI par l'esprit public et les mouvements d'opinion qui précédèrent la convocation des États-généraux, adoptèrent avec enthousiasme les idées de 1789. En 1790, les contre-révolutionnaires s'étaient rués sur eux, à Nîmes, aux cris de : « Vive le roi et la Croix ! » Cependant les protestants apprirent avec satisfaction le retour du roi en 1814, mais avec cette différence entre eux et la majorité des catholiques « que les premiers proclamaient ce retour comme celui de la liberté et voyaient dans la charte constitutionnelle la consolidation de leurs droits ; tandis que les seconds rêvaient la restauration de l'ancien régime, l'abolition de toutes les réformes libérales, et *surtout* l'anéantissement de tout ce qu'avaient obtenu les protestants ('). » Ceux-ci jouissaient d'une plus grande influence que les catholiques et possédaient plus de bien-être, puisque, ne composant que le tiers de la population, ils payaient la moitié des impôts. De là, des haines puisées dans les bas-fonds de l'envie et de l'intérêt privé, s'ajoutant aux autres éléments de guerre civile. D'atroces menaces leur furent adressées. On chantait publiquement à Nîmes des couplets où il était dit « qu'il fallait laver ses mains dans le sang des protestants. » Certains personnages titrés allaient partout, disant « qu'on ne serait tranquille dans le pays qu'après une seconde Saint-Barthélemy. » Ces menaces ne se réalisèrent qu'à la seconde restauration.

Des commissaires du roi, nommés par Louis XVIII, lorsqu'il était encore à Gand, arrivèrent dans le Gard en même temps qu'on y apprenait la déchéance de Napoléon. Là, comme à Marseille, le mouvement royaliste précéda la rentrée de Louis XVIII à Paris. Deux de ces commissaires, le comte René de Bernis, et le marquis de Calvières, officier supérieur d'une compagnie des mousquetaires du roi, ayant réuni un millier de volontaires, marchèrent sur Nîmes, où se trouvait le général Maulmont avec quelques compagnies de ligne. Leur premier acte fut de proclamer la destitution de tous les fonctionnaires publics, civils ou militaires, de *Buonaparte* ; ils donnèrent le commissariat général de la po-

---

(') *Notice sur les protestants du département du Gard et sur les événements arrivés dans cette contrée en 1814 et en 1815.*

lice du département du Gard à l'avocat Vidal. Ce Vidal, procureur général de la commune de Nîmes, en 1790, avait été à cette époque l'un des provocateurs du massacre des protestants. C'était d'un sinistre augure. La garnison tint en respect les factieux jusqu'au 13 juillet ; mais quand on sut la reddition de Paris, les soldats prirent la cocarde blanche, et les volontaires du comte de Bernis occupèrent le chef-lieu du département du Gard le 17. Ils se portent aussitôt sur les casernes et demandent le désarmement et l'éloignement de la garnison. Le général Maulmont, après quelque hésitation, adhère à ces exigences et remet la capitulation au lendemain. Un projet épouvantable est conçu par les réacteurs. Le tocsin sonne pendant toute la nuit. Les paysans, entendant cet appel, accourent tumultueusement des communes environnantes avec des fusils et des instruments tranchants. Un désordre inexprimable règne dans la ville. Les bruits les plus alarmants sont répandus pour exalter et fanatiser les esprits. Quelques maisons de protestants sont envahies. Et le lendemain, lorsque les compagnies de Maulmont, ayant déposé leurs armes, sortent de leur caserne, elles sont enveloppées par une foule en délire. Les soldats, culbutés à coups de faulx dans des chemins étroits où les paysans les fusillent à bout portant, périssent presque tous. Les gendarmes eux-mêmes sont chassés, leur caisse est pillée ; et, maîtres de Nîmes, les volontaires remplissent la cité de carnage.

Du 17 juillet au 24 août, l'assassinat fut en permanence. Servan, Truphêmi, Jacques Dupont, dit Trestaillons, ainsi s'appelaient les chefs subalternes des royalistes du Gard ; mais leurs chefs réels furent des fonctionnaires, des affidés du pavillon Marsan, les commissaires de Louis XVIII. Non point que nous entendions dire que ces derniers leur désignaient les victimes, et dirigeaient immédiatement leurs coups : les meneurs politiques ont l'habitude de s'en remettre pour les détails secondaires à leurs agents, et ne se réservent que les mesures d'ensemble ; mais ils les avaient déchaînés dans la carrière des sanglantes exécutions, et ils les couvrirent, pendant et après leurs exploits, d'un patronage devant lequel toutes les poursuites judiciaires vinrent expirer. Cette solidarité des crimes commis à Nîmes et dans le reste du département du Gard ne saurait être repoussée par les hauts personnages de la restauration. Nous lisons dans un Mémoire qui eut, en 1816, du retentissement, et sur lequel ne fut élevée aucune réclamation : « Un fonctionnaire public, M. B....., s'expliquait ainsi, le « 31 janvier 1816, dans une lettre adressée *à un haut per-* « *sonnage :* Je crois absolument indispensable que l'un des « deux partis soit définitivement anéanti ('). » Et le colonel Comte, en mission dans le département, s'exprimait en ces termes : « Il est absolument nécessaire que l'un des deux « partis soit écrasé avant de lui laisser le temps de mesu- « rer sa force avec l'autre. Il faut que ses chefs soient en « notre pouvoir, car les buonapartistes du Gard sont plus « dangereux que dans tout autre endroit, à cause du pré- « texte de religion. C'est le seul moyen d'assurer la tran- « quillité pour l'avenir. » Et ne verrons-nous pas, d'ailleurs, le comte de Bernis, le marquis de Calvières, le conseiller Trinquelague défenseur avoué des Trestaillons et des Graffan ; le comte de Vogué leur complice, choisis lors des élections comme les plus dignes de représenter le département. A la Chambre, ils essayèrent d'introduire dans nos lois l'épouvantable régime qu'ils avaient appliqué à leurs concitoyens ; et ils n'y réussirent que trop, aux applaudissements de toute la cour.

Au bout de quelques jours, on comptait à Nîmes, quatre-vingts veuves dont les maris avaient été massacrés. Le nombre total des victimes n'a jamais pu être évalué exactement. Parmi elles, nous avons pu recueillir les noms suivants : Affoutit, les deux sœurs Aurez, Bigot et sa femme, Burquier, Bourion, Barry, Bigonnet, Courbet, Cabanon, les cinq frères Chivas et la femme Chivas, Clos, Jacques Combe, Combes, Cléron, Calandre, Clarion, vieillard de soixante-

('). *Rapport* des commissaires envoyés par les non-conformistes anglais, pour s'assurer de la situation de leurs frères dans le Midi de la France. Tiré à dix mille exemplaires.

cinq ans, Dalbos, Daumeron, Dumas, Demaison, Hugues, Héritier, Hérault, Isnard, Imbert, Jacques Léchère, Laplume, Esprit Lontier, Lhermet, Jean Lauriol, Lafond, Ladet, huit membres de la famille Leblanc, Poujas, Porcher, Rigaud, Rambert, Rault, Soulier dit Baraton, Saussine, Semelin, Jean Vigale et Barthelemy Vignole. Huit maisons ou métairies avaient été pillées et démolies de fond en comble; vingt-huit saccagées. La décence, dit un écrivain du temps, ne permet pas de décrire tous les mauvais traitements que les femmes eurent à souffrir. Il y en eut qui furent dépouillées de tous leurs vêtements ou qui eurent leurs robes relevées et liées sur la tête, et que l'on frappa ensuite avec des planches dans lesquelles on avait enfoncé des clous en forme de fleurs de lis. D'autres endurèrent des outrages pour lesquels la langue humaine n'a pas de noms, ni les lois de punitions.

Trestaillons, Truphêmi et leur bande égorgèrent plus de deux cents personnes. Ils avaient pour signe de ralliement la cocarde et l'écharpe blanches et vertes. Après 1830 j'ai vu les couleurs néfastes reparaître à Marseille, portées par des jeunes hommes appartenant à des familles considérées dans le parti légitimiste. Que ne demandaient-ils à leurs pères l'histoire de ces couleurs, et les souvenirs qu'elles rappelaient!

A Uzès, à cinq lieues de Nîmes, Graffan, qui s'est donné le sobriquet de Quatretaillons, comme pour renchérir sur les forfaits de Jacques Dupont, réunit quelques bandits, et, protégé presque ouvertement par le sous-préfet Vallabris, assassine quarante protestants. Il y a ensuite pillage général. On force les prisons, et tous les détenus sont immolés sous prétexte de rébellion; six protestants sont arrêtés et fusillés aux portes de la ville. A Ners, à Saint-Gilles, Ledignan, Iguemargues, Ganges, le Vigan, les meurtres ne sont pas moins nombreux. Un volume entier suffirait à peine pour les raconter en détail, et énumérer tous les genres de supplices que l'ingénieuse férocité des volontaires royaux inventait, afin de rendre plus lents et plus atroces les derniers moments de leurs victimes.

3.

Dix mille protestants prirent la fuite et se retirèrent auprès de leurs frères, dans les montagnes des Cévennes et de la Gardonnenque.

Et maintenant avançons de six mois le cours de ce récit, transportons-nous devant un de ces tribunaux iniques, institués par la restauration sous le nom de cours prévôtales. Les crimes des verdets de Nîmes ont eu un tel retentissement, que les parquets sont obligés de simuler un acte de justice. Truphêmi et quelques autres sont traduits devant le tribunal exceptionnel, qui les acquitte et ordonne l'arrestation des témoins à charge. Il était de notoriété puplique que Truphêmi avait égorgé de sa propre main quatorze protestants ! Ceci se passait le 7 mars 1816. Le 9, cinq patriotes paraissent à leur tour devant les juges de la restauration. Ils sont prévenus d'avoir chanté des chansons séditieuses, et blessé à la main, dans une rixe, un garçon de café. Parmi les témoins qui les accusent, se trouvent quelques-uns des individus absous l'avant-veille. Les cinq malheureux sont condamnés : Sauze, dit le Curé, au carcan, à la marque et à dix ans de détention ; Deglan, au carcan, à la marque et à la prison perpétuelle : ce Deglan était père de douze enfants ! Deglan fils au carcan, à la marque et à cinq ans de détention ; Sauze, dit le Pinai, au carcan, à la marque et à cinq ans de détention ; Gourdoux, au carcan, à la marque et à cinq ans de réclusion.

Arrêtons-nous. Le cœur est oppressé devant ce renversement de toute justice humaine. Eh quoi ! le nom de terroristes a été longtemps jeté à des citoyens intègres, que l'amour de la patrie, le dévouement absolu à la chose publique, la valeur du guerrier ou la science du législateur n'ont point cessé de distinguer pendant la grande période révolutionnaire. Et lorsque le parti royaliste, revenu de son long exil, épouvante tout-à-coup le monde civilisé du spectacle de pareils crimes, il lui suffirait de passer, comme une éponge, son drapeau blanc sur l'histoire, pour conserver à tout jamais le privilége de l'honnêteté et de la modération ! Ah ! les hommes, dont la mémoire se charge si volontiers des faits qui se sont déroulés dans les temps anciens, perdent trop facilement le souvenir de ce qui s'est accompli presque sous leurs yeux ! Nous dirons, nous, à nos contemporains : « Souvenez-vous, si vous ne voulez point échouer sur les écueils du passé. »

. . . .

. . . .

Les protestants et les patriotes commençaient à respirer dans le département du Gard. Le préfet Calvières venait d'être remplacé par M. d'Arbaud-Jouques, et celui-ci, aidé d'une garnison autrichienne, avait à peu près rétabli l'ordre et le règne des lois. Trestaillons était arrêté. Le 5 novembre, le duc d'Angoulême arrive à Nîmes. Malgré l'intervention de l'aristocratie et du clergé de la ville, le prince maintint l'incarcération du chef des verdets nîmois, et fit rouvrir les temples fermés depuis le 16 juillet. Mais à peine fut-il parti, que les calamités se renouvelèrent. Le 12 novembre, le sang coule de nouveau. Les verdets envahissent le temple protestant. Les pasteurs sont arrachés de l'enceinte, accablés d'injures et traînés sur le pavé rougi. Le général Lagarde cherche à dissiper l'attroupement ; un sergent de la garde nationale, nommé Boissin, lui tire à bout portant un coup de pistolet dans la poitrine. La blessure fut horrible et Lagarde demeura plusieurs jours entre la vie et la mort. Comme il s'agissait d'un général royaliste et non d'un officier de Napoléon, le préfet d'Arbaud-Jouques publia qu'il donnerait une somme de trois mille francs à celui qui livrerait le meurtrier. Louis XVIII fit éclater son indignation dans une ordonnance rendue le 21 novembre, et la ville de Nîmes fut frappée d'une exécution militaire qui lui coûta près de cent mille francs. Mais le jury acquitta le sergent Boissin, comme s'étant trouvé dans un cas de légitime défense.

A Toulouse, le général Ramel, investi par Louis XVIII du commandement de la ville, avait été assassiné dans des circonstances pareilles. Plusieurs fois il s'était opposé aux tentatives de désordre des royalistes et aux vengeances qu'ils voulaient exercer, à l'exemple de ceux de Nîmes et de Marseille. On lui en faisait un crime. Il n'y avait qu'un bonapartiste qui pût se conduire ainsi. Le 17 août, une émeute gronde dans les rues de Toulouse ; le général accourt ; avant de sévir, il veut faire entendre des paroles de conciliation ; mais les royalistes demeurent sourds à sa voix. Ils se précipitent sur lui. Percé de coups par une multitude furieuse, Ramel tombe de cheval ; on le croit mort et il est abandonné. Des ouvriers le ramassent et le cachent chez l'un d'eux. Un médecin est appelé ; déjà le blessé se ranime, lorsque des vociférations éclatent au dehors ; c'est l'émeute qui revient pour achever son œuvre. « Le général est atteint mortellement, » s'écrie le chirurgien, en essayant de repousser les premiers qui se présentent ; « il n'a plus que quelques mi-« nutes à vivre. » Vains efforts, appel inutile à la pitié de ces tigres. Les portes sont brisées, tout obstacle est renversé. Cent bras se lèvent en même temps pour éteindre un souffle de vie et épuiser leurs forces sur un cadavre défiguré.

ASSASSINAT JURIDIQUE DES JUMEAUX

DE LA RÉOLE.

Qui ne connaît les vertus et les malheurs des jumeaux de La Réole ? Ce n'est plus ici une de ces actions tumultueuses, que la mauvaise foi des partis attribue, après la victoire, aux entraînements populaires. L'action se déroulera lentement devant des magistrats et devant un tribunal ; les lois seront invoquées, et le plus grand forfait judiciaire des temps modernes s'accomplira dans une ville de cent mille âmes, sans qu'une seule voix ose protester. Il est vrai que les victimes sont deux généraux de la première révolution ; qu'ils se sont battus en Vendée contre les paysans égarés par les nobles, et que la ville est cette cité de Bordeaux, la première qui, en 1814, ait reçu les alliés dans ses murs. Ne craignons point d'infliger, dans ces récits des mauvais jours de notre histoire, la part qui leur revient, à celles de nos provinces où le mal fut plus profond. En politique, il ne faut point jeter sur les fautes de nos pères le manteau de Noé. Il vaut mieux les produire au grand jour, pour qu'elles soient une excitation à les effacer par notre patriotisme.

Le département de la Gironde ayant été mis en état de siége après la bataille de Mont-Saint-Jean, les généraux retraités, César et Constantin Faucher, furent placés comme maréchaux de camp à la tête des deux arrondissements de La Réole et de Bazas, sous les ordres du général Clauzel. C'étaient deux frères jumeaux nés à La Réole en 1760. Nourris et élevés ensemble, ils étaient d'une ressemblance si parfaite, que leurs parents avaient peine à les distinguer l'un de l'autre. Mêmes traits, même taille, même voix, mêmes penchants; tout leur fut pareil, organisation physique et morale. La nature s'était plu à former un seul homme en deux individus (¹). Fils d'un ancien officier, César et Constantin suivirent la carrière de leur père. A quinze ans, ils entraient aux chevau-légers de la garde de Louis XVI. Ils furent promus le même jour au grade d'officier. César Faucher, en 1791, était président de l'administration du district de La Réole, commandant de la garde nationale, et Constantin, commissaire du roi, puis chef de la municipalité. Les deux frères embrassèrent avec enthousiasme les idées de liberté et d'égalité. Lorsqu'à la mort de Louis XVI, les conspirations intérieures, la guerre civile et la guerre étrangère mirent la patrie en danger, ils reprirent leur épée, levèrent un corps franc sous le nom d'*Enfants de la Réole*, et se rendirent dans la Vendée que désolait l'insurrection

---

(¹) *Nouvelle biographie des contemporains.*

royaliste. Leur courage et leur intelligence les avancent rapidement; ils sont nommés adjudants-généraux, puis généraux de brigade. Au combat de la forêt de Vouvans, où ils obtiennent ce dernier grade, la fortune leur fait payer cher ses faveurs. Constantin reçoit une blessure très-dangereuse; César est atteint douze fois par le feu ou par le fer. Les deux frères allèrent à Saint-Maixent, pour se rétablir. Comme ils avaient eu les mêmes succès, ils eurent les mêmes malheurs.

Il y avait chez eux une sorte de propension romanesque, qui était le fond de leur caractère et produisait parfois des actes inexplicables pour ceux qui ne les connaissaient qu'imparfaitement. Ainsi ces mêmes républicains, qui combattaient volontairement contre les Vendéens et versaient leur sang pour la démocratie, magistrats au moment où Louis XVI était jugé par la Convention, faisaient publiquement l'éloge du roi, et prenaient le deuil après avoir proclamé sa mort. Il leur semblait beau de concilier avec les convictions de leur esprit, les sentiments de leur cœur, et de donner le même éclat à leurs regrets pour le prince et à leurs espérances pour la République. Dénoncés pour ce fait, au commencement de 1794, ils furent traduits devant le tribunal révolutionnaire de Rochefort, qui les condamna au dernier supplice. Déjà ils marchaient à l'échafaud en se donnant la main; César posait le pied sur les planches fatales, lorsque le représentant du peuple Lequinio, convaincu du patriotisme des frères Faucher, fit suspendre l'exécution et réviser le procès. Un nouvel arrêt les acquitta. Souffrants de leurs nombreuses blessures, les jumeaux revinrent dans leurs foyers. Ils étaient hors d'état de supporter les fatigues d'un service actif. Cependant, un peu plus tard, ils parurent à l'armée de la Moselle ; mais Kléber leur conseilla de demander leur réforme. « Ils ne peuvent plus aller « en avant, disait ce général; mais qu'on les place comme « pièces de position, cela leur conviendra; je les connais, « ils n'aiment pas à aller en arrière. »

A l'avénement de 1804, César et Constantin Faucher donnèrent leurs démissions de sous-préfet de La Réole et de membre du conseil général du département. Rentrés dans la vie privée, ils furent le bon conseil de l'ouvrier et du paysan. Leur popularité était immense. On se rappelait qu'en 1794 ils avaient sauvé le district de la famine, en achetant de leurs propres deniers des céréales et en les faisant distribuer aux plus nécessiteux. Et comme ils étaient intervenus auprès du premier consul pour obtenir la radiation de plusieurs émigrés et la restitution de leurs biens, ils comptaient également des amis nombreux parmi la noblesse.

Quelles haines pouvaient donc inspirer César et Constantin Faucher? Des haines politiques. A la chute de l'Empire, ils furent de ceux qui crurent que la présence des Bourbons dans les rangs de l'étranger ne légitimait pas l'invasion. Pendant les Cent-Jours, César ayant été nommé membre de la Chambre des représentants et Constantin maire de La Réole, ils excitèrent leurs concitoyens à défendre jusqu'à la dernière extrémité le sol de la patrie. La proclamation qu'ils publièrent à cet effet, le 4 juillet, était empreinte d'un vif enthousiasme; mais Paris capitulait en ce moment, et le comité royaliste jura la perte de ces imprudents soldats qui appelaient aux armes les acquéreurs de biens nationaux et les amis de l'Égalité, lorsque les Bourbons étaient déjà en France.

L'armée du maréchal Clauzel avait connu le 12 juillet le retour de Louis XVIII; elle attendit la soumission de l'armée de la Loire pour quitter le drapeau et la cocarde tricolores. Le 21, les frères Faucher reçurent une dépêche du ministre de la guerre, Gouvion-Saint-Cyr, qui enjoignait à tous les généraux en activité par suite de l'état de guerre ou de l'état de siége, de cesser leurs fonctions. César et Constantin se conformèrent à cet ordre après avoir fait arborer le drapeau blanc. C'était le 22 juillet. Mais la veille, les couleurs nationales brillaient encore sur l'habitation des deux frères, et une scène touchante avait eu lieu. Quarante-cinq sous-officiers s'étaient rendus auprès de Constantin, députés par un détachement de l'armée de Clauzel; ils l'avaient conjuré de se mettre à leur tête, de les conduire une dernière fois contre les ennemis, et de leur procurer une mort glorieuse. « Nous voulons mourir, disaient-ils, pourquoi survivre à la liberté de notre pays ! » Et ces braves versaient des larmes. Saisissant les mains du général, ils cherchaient à l'entraîner ; mais celui-ci leur fit comprendre qu'il n'était plus temps ; que la destinée de la France était accomplie ; que c'était le devoir de tous les citoyens de conserver leur épée à la patrie, qui en aurait besoin un jour pour se relever de son abaissement, plutôt que de la briser dans un effort suprême et dans un combat stérile. Les détails de cette visite furent recueillis par les agents royalistes. C'étaient les premiers éléments des prochaines dénonciations. Le 22, à peine le drapeau blanc était-il déployé, que ving-trois nègres des régiments coloniaux, qui traversaient la ville, le déchirèrent aux cris de : Vive Napoléon ! Les autorités ne prirent aucune mesure contre eux. Quant aux frères Faucher, ils s'étaient démis de leur commandement, et ils n'avaient pas à intervenir. Ces faits sont signalés au comité bordelais, qui se hâte d'envoyer à La Réole un détachement de volontaires et de gardes nationaux. Leur arrivée est marquée par des excès, et leurs clameurs indiquent le but réel de l'expédition. Ils parcourent les rues en vociférant : *Mort aux généraux de La Réole ! à bas les brigands Faucher ! il faut tuer ces deux scélérats !* Ils se portent chez plusieurs citoyens désignés comme bonapartistes, entre autres MM. Dupont et Albert ; et, ne trouvant pas ceux qu'ils cherchent, ils brisent et pillent leur domicile. Cependant ils n'envahissent pas la maison des frères Faucher, où plusieurs patriotes se sont réfugiés ; ils craignent d'y rencontrer une résistance qui leur serait fatale. César et Constantin avaient en effet écrit au maire de La Réole que, puisque les autorités étaient insuffisantes à protéger la vie des citoyens, ils exerceraient leur droit de défense naturelle et personnelle, en présence de ces attroupements d'hommes étrangers à la ville, qui menaçaient de l'ensanglanter. Les royalistes gardaient toutes les avenues de leur habitation, essayant de provoquer un mouvement populaire, au milieu duquel ils pourraient exécuter sans danger une sinistre mission. Mais la grande majorité des habitants de La Réole était animée d'un bon esprit, et personne ne voulut seconder les desseins de ces forcenés. De guerre lasse, les volontaires partirent sans avoir brûlé une amorce ; ils n'avaient pas eu le courage de leur crime. Un tribunal fera avec la loi ce qu'ils n'ont pas osé faire avec le poignard.

Pendant le séjour des volontaires, les frères Faucher avaient instruit le général Clauzel de leur déplorable situation, par une lettre toute confidentielle :

« Notre maison est réellement en état de siége; au moment où nous écrivons, nos armes sont là; nos avenues éclairées et le corps de la place en état de défense ; et nous ne craignons pas la désertion de la garnison. Cet état respectable est respecté par ces messieurs, qui attaquent, frappent les hommes faibles, des femmes et des enfants..... Le procureur du roi et son substitut viennent de lancer un mandat d'amener, non point contre les criminels qui ont tenté d'assassiner le sieur Albert, frappé sa fille, foulé aux pieds des femmes ; mais contre un pauvre vigneron qui a commis le crime épouvantable de dire « que l'état actuel « n'était que passager, et que les amis de la patrie triom-« pheraient; qu'il l'avait lu dans un livre ancien. » Ces messieurs, dits gardes royaux à cheval, grossis des gardes royaux de ces contrées, ne s'élèvent pas à plus de cent chevaux; nous enlèverions ces messieurs et comprimerions leurs satellites ; ce serait l'affaire de deux heures en plein midi, avec les seules forces que notre population bonne nous offre. Mais nous craignons que cet acte de juste défense ne puisse être le signal de la guerre civile, ou au moins ne contrarie les dispositions de notre général, spécialement encore chargé de tout ce qui concerne l'ordre public. Nous vous aurions une grande obligation si vous pouviez nous dire quelle marche nous devons tenir dans cet état de crise, *pour être en aide à la patrie souffrante...* »

Le général Clauzel transmit aussitôt cette pièce au préfet de la Gironde, M. de Tournon, croyant que ce magistrat s'empresserait de faire cesser les désordres commis par les volontaires royaux. M. de Tournon ne vit dans les plaintes des frères Faucher que la preuve d'une conspiration contre le gouvernement du roi. Il ordonna une perquisition, motivant cette mesure sur l'aveu contenu dans la lettre, que les généraux avaient dans leur maison un amas d'armes, et qu'ils y réunissaient des individus armés. Le procès-verbal de perquisition constata que le prétendu dépôt ne consistait qu'en quelques fusils de chasse, dont plusieurs hors de service, un fusil de munition, deux paires de pistolets, trois sabres, de vieilles épées, sept piques, dont deux pour drapeaux, et huit *pétards* montés sur affût, *du calibre du petit doigt,* « et propres seulement à faire du bruit. » C'étaient des jouets d'enfants. Immédiatement le procureur du roi Dumoulin lance un mandat d'amener contre les frères Faucher, « chez lesquels on atrouvé, dit-il, plusieurs fusils, épées, « sabres et *pierriers,* en contravention à l'article 93 du Code « pénal. » Détenus d'abord dans la prison de La Réole, César et Constantin furent transportés à Bordeaux et renfermés dans un cachot infect du fort de Hâ ; ils y subirent toutes sortes de tortures physiques et morales. Leurs geôliers se plaisaient à leur raconter les scènes de carnage qui avaient eu lieu tout récemment à Marseille, à Avignon, à Nimes. Les objets les plus indispensables leur étaient refusés, et ils passèrent plusieurs semaines au secret, privés de feu et de lumière, sans autre lit qu'une botte de paille fétide, sans table ni chaises, et, ne pouvant s'appuyer sur les murs suintants, « forcés, pour prendre quelque repos, de s'asseoir sur la paille dos à dos et de s'arc-bouter l'un l'autre. » Dans cette prison affreuse, la gaîté, la douceur habituelle de leur caractère ne les abandonnèrent point, et leur âme aimante se réflétait dans quelques lettres destinées à une de leurs parentes. Mais cette consolation n'était qu'une illusion dans leur malheur ; l'autorité militaire à laquelle était déférée l'instruction de leur procès, retenait toutes ces lettres. Le 10 septembre, ils écrivaient (¹) :

« Ma chère Anaïs, vous lirez cette nouvelle assurance de

(¹) Lettre de César Faucher à sa petite-nièce, mademoiselle Anaïs Faucher.

notre tendre amitié, le mardi 12 septembre ; c'est le jour de notre anniversaire... Dans l'isolement absolu où nous sommes, il y a des sentiments tendres qui reviennent avec plus de force, et ils gagnent ce que perdraient d'autres affections, d'autres pensées. L'obligeance tout amicale de M. A... nous revient toujours avec un nouveau charme. Ce n'est que dans la jeunesse qu'on a l'âme aussi ardente et généreuse ; faites-lui de tendres amitiés de notre part, et félicitez-le du courage qui ne lui a pas fait craindre de hanter une maison battue de la tempête et menacée de la foudre... Invitez cet ami à manger du fruit et à boire du vin blanc avec vous le mardi 12 septembre ; faites-y ensemble commémoration des deux jumeaux qui, à ce moment, commencent leur cinquante-sixième année, *sans avoir fait couler une larme de douleur, et qui en ont séché tant qu'ils ont pu.* »

On avait signifié aux frères Faucher qu'ils eussent à se pourvoir d'un défenseur, le procès devant commencer très-prochainement. Ils s'adressèrent à un avocat de leur famille, qui, plus d'une fois, avait plaidé pour eux dans des affaires civiles. M. Ravez repoussa les plus touchantes sollicitations de ces vertueux citoyens, accusés d'un complot imaginaire. M. Ravez, qui devait figurer parmi les fougueux députés de la Chambre de 1816, craignait de faire suspecter la pureté de son royalisme en mettant sa parole au service de deux bonapartistes. Ils implorent en vain les avocats Gergerez, Brechon, Émérigon ; refus ou silence. Et le *Mémorial bordelais* imprimait ces lignes infâmes : « Rien ne prouve « mieux le jugement déjà porté par l'opinion publique, que « ce refus unanime d'avocats les plus distingués de notre « barreau, de prêter leur assistance à ces accusés. » M. Desgranges-Bonnet, nommé d'office par le ministère public, le 21 septembre à neuf heures du soir, ne se présenta point.

Le premier conseil de guerre permanent de la onzième division militaire, convoqué par le comte de Viomesnil, lieutenant-général, s'assembla le lendemain 22 au château Trompette. Il était composé du chevalier de Gombault, colonel de cavalerie, président ; Bontemps-Dubarry, chef d'es-

cadron ; Boissac, capitaine ; Montureux, capitaine-adjoint
à l'état-major ; Colas, lieutenant ; Moulinié, sous-lieutenant ;
Favre, sergent-major de la garde nationale d'élite, juges ;
le capitaine Dupuy faisait les fonctions de commissaire du
roi ; le chef d'escadron de la Bouterie, celles de rapporteur. Les deux frères Faucher furent extraits du fort de
Hâ. Une foule compacte, excitée par des meneurs, les at-
tendait à la porte de la prison ; elle s'opposa à ce que les
accusés fussent conduits en voiture. César et Constantin
comparurent seuls devant leurs juges, et demandèrent une
remise, motivée sur ce qu'ils n'avaient pas encore d'avocat.
Le conseil passa outre, déclarant que l'absence de défenseurs ne pouvait retarder la convocation ni la tenue de la
séance, en conformité de l'art. 20 de la loi du 11 brumaire
an v. Les débats s'ouvrirent. Interrogés sur leurs nom,
prénoms, âge et profession, les accusés répondirent : « Nous
« nous appelons Constantin et César Faucher, âgés de cin-
« quante-six ans, citoyens français, nés et domiciliés à La
« Réole ; nous ne renonçons point au bénéfice légitime ré-
« sultant des grades et qualités que nous ont valus nos ser-
« vices et nos blessures reçues à la défense de la patrie ;
« mais nous prenons habituellement le titre de citoyens
« français, parce que nous regardons les autres comme de
« simples désignations de fonctions que l'on quitte en ces-
« sant d'exercer ces fonctions. »

D'inouïes irrégularités signalèrent ce procès. Les témoins
entendus et à entendre communiquèrent entre eux libre-
ment. Les accusés n'eurent connaissance des dossiers de
l'instruction que quelques heures avant l'audience. Cette
instruction d'ailleurs ne reposait que sur des bruits calom-
nieux, des faits controuvés, des dépositions dictées par la
haine et l'esprit de parti. Le rapporteur en fut réduit à tor-
turer, dans son réquisitoire, la lettre écrite au maréchal
Clauzel : c'était l'unique pièce de conviction qu'il pût inven-
ter. Il y découvrit cinq chefs d'accusation, et il imputa aux
généraux ; 1o d'avoir retenu contre la volonté du gouvernement un commandement qui leur était retiré ; 2o d'avoir
commis un attentat dont le but était d'exciter les citoyens à

la guerre civile, de les armer les uns contre les autres, en réunissant dans leur domicile des gens armés qui y faisaient un service militaire et qui criaient : *qui vive!* sur la garde nationale ; 3° d'avoir comprimé par la force des armes et la violence, l'élan et la fidélité des sujets de Sa Majesté ; 4° d'avoir embauché pour les rebelles et détourné de leurs drapeaux les soldats du roi ; 5° d'avoir excité au pillage et à la dévastation des propriétés particulières un détachement de nègres qui était venu à La Réole. Les jumeaux montrèrent une grande fermeté, de la présence d'esprit et parfois de l'éloquence. Ils offraient un spectacle émouvant, ces deux frères qui, vêtus de la même manière, semblables par les traits, la taille, la voix et le geste, parlaient alternativement avec une telle suite dans les idées, que les auditeurs pouvaient croire qu'il n'y avait dans le tribunal qu'un seul accusé. Ils détruisirent facilement toutes les charges élevées contre eux. A l'unanimité, le conseil de guerre prononça la peine de mort.

« Marchons tout de suite? » s'écrièrent-ils. Cependant, pour satisfaire leur famille, ils se pourvurent en révision. Les frères Faucher rédigèrent eux-mêmes leurs moyens de nullité. Quelques-unes de leurs notes ont été conservées ; on y trouve un monument de l'amour fraternel. Constantin avait écrit : « L'information ni aucun acte quelconque n'annonce que César Faucher ait fait un acte quelconque de général depuis le 21 juillet. Constantin est seul prévenu de cette faute, et cependant on condamne César Faucher sur ce point qui lui est étranger. » Après avoir lu cette note, César rejette une voie de salut dont son frère ne profiterait point, et il ajoute de sa main : « Toutefois on ne perdra pas de vue, en faisant valoir ce moyen, que s'il ne devait amener la cassation du jugement qu'en faveur de César, on doit l'abandonner parce qu'il veut partager le sort de son frère. »

Les belles actions des proscrits, dans les temps de réaction politique, sont toujours en raison directe des excès des proscripteurs. Comme si l'humanité, n'abdiquant jamais ses droits, dût toujours gagner d'un côté ce qu'elle perd de l'autre, et se consoler des grands crimes par d'aussi grandes vertus.

Il n'était plus question de disculper ces patriotes, mais seulement de faire ressortir des vices de formes judiciaires : le barreau de Bordeaux consentit à leur prêter son assistance, indispensable d'ailleurs, aux termes de la loi. MM. Denucé, Albespy, Emérigon et Gergerez les accompagnèrent devant le conseil de révision, le 26 septembre ; mais ils crurent devoir expliquer « qu'ils se considéraient comme « les avocats de la loi, plutôt que comme les défenseurs des « accusés. » Le conseil était composé du maréchal-de-camp de Puységur, président ; du colonel prince de Santa-Croce ; du chef de bataillon Lacoste ; du chevalier de Bois-Saint-Lis, et du vicomte de Fumel, juges. Les fonctions de rapporteur étaient remplies par le commissaire ordonnateur Lucot d'Hauterive. Le réquisitoire de M. d'Hauterive mérite d'être signalé comme l'éternel témoignage des passions furibondes de 1815. Le ridicule le disputait à l'odieux dans cette amplification boursoufflée.

« Deux frères, s'écrie M. d'Hauterive, se glorifiant *d'une horrible solidarité*, placés sous l'égide de la clémence royale, osaient lever audacieusement leur tête *hideuse d'un demi-siècle de crimes*. Après vingt-cinq ans d'absence, assise sur le trône des rois ses aïeux, Sa Majesté avait défendu aux lois, avait défendu aux tombeaux d'accuser les dévastateurs de la France. Les tombeaux restaient silencieux ! Les parents des victimes laissaient vivre leurs bourreaux ! *Les frères Faucher existaient à La Réole !*

« *Avides de nouveaux crimes*, ils accoururent à Paris, quand l'ennemi du monde y apparut de nouveau, menaçant la France des jours de deuil de 1793. Exécuteurs de ses ordres, ministres de ses vengeances, les frères Faucher furent envoyés au *nommé* Clauzel, si digne de tels agents. Ils furent tous deux chargés par lui de missions particulières, et d'un commandement supérieur dans les arrondissements de La Réole et de Bazas, déclarés en état de siége. César, élu membre du *club patriotique,* connu sous le nom de Chambre des représentants, fut jugé, *par la bande,* propre à remplacer dans ces belles contrées les proconsuls régicides dont Bordeaux n'a point encore perdu le souvenir : Constantin se fit élire maire de La Réole. Dès lors la révolte, la dévastation, le pillage, les concussions, la guerre civile, furent organisés dans les deux arrondissements livrés *à la fureur des frères Faucher.*

« Cependant les nobles alliés du meilleur des rois le ramènent dans sa capitale, le 8 juillet : Sa Majesté y répandit de nouveau les trésors d'une clémence inépuisable : elle pardonna de nouveau aux traîtres si récemment comblés de ses faveurs.

« C'est plus spécialement depuis cette époque que les frères Faucher se sont rendus coupables des crimes qui les ont fait traduire devant le premier conseil de guerre, et, je dois me hâter de le dire, messieurs, ces crimes n'appartiennent ni aux opinions politiques, ni aux circonstances : ce sont des crimes contre la société tout entière; des crimes prévus par le code pénal de toutes les nations civilisées ; c'est la guerre civile, laissant après elle tous les maux qui l'accompagnent, proclamée, organisée et dirigée par les frères Faucher; c'est la rébellion à main armée contre l'autorité légitime reconnue; c'est la violence et la force des armes employées afin de comprimer l'élan du peuple dans la manifestation de ses sentiments de fidélité pour cette autorité légitime reconnue; ce sont des taxes arbitraires, des réquisitions de toute espèce, frappées par les frères Faucher, qui les rangent dans la classe des justiciables des conseils de guerre. . . . .
. . . .

« Que le supplice des frères Faucher, commandé par la loi, apprenne aux conspirateurs subalternes, aux complices des rebelles, quels que soient leur rang et leur fortune, que la persévérance dans le crime fatigue la clémence, et que la société, lasse d'une trop longue impunité, sollicite et obtient de la loi vengeance des attentats commis contre la société ! Puisse cet exemple contenir dans l'obéissance ces hommes qui, se confiant en leur obscure complicité, méditent peut-être de nouveaux crimes ! Qu'ils s'efforcent de jouir en

paix de cette impunité que veut bien leur accorder le roi,
qu'ils ont trahi au mépris des serments les plus solennels : qu'ils aillent loin de la société qu'ils ont outragée, cacher leurs honneurs et leurs dignités flétries, et ces décorations royales obtenues par un sacrilége ; heureux s'ils peuvent un jour ne pas jouir sans remords de ces biens honteux qu'ils ne doivent qu'à la dépouille des nations et à la généreuse bonté du roi. »

Conformément aux conclusions, le pourvoi fut rejeté et l'exécution fixée au lendemain. Les deux jumeaux entendirent la lecture du jugement avec une grande sérénité. Depuis le commencement de ce procès monstrueux, ils étaient résignés à la mort. Ils s'occupent une partie de la nuit à écrire à leurs neveux, et leurs confidences sont empreintes de la plus douce sensibilité. Ces frères, « avides de « nouveaux crimes et se glorifiant d'une horrible solidarité » étaient deux âmes d'élite, et cet adieu les peint tout entiers : « Si quelque chose survivait à la dissolution de notre être, « nous serions au milieu de vous ; mais notre tendresse est « comme la pensée ; elle est indestructible, tant que les « objets de l'affection existent. Ainsi vous devez tous vous « dire dans vos moments de peines : le cœur de nos meil- « leurs amis les partageait à l'avance. Et dans vos temps de « prospérités, dites-vous encore : leur cœur les a goûtées « d'avance et nous les désirait continues. »

Grande fête pour les ultrà-royalistes, le 27 septembre au matin. Le ban et l'arrière-ban de tous les insulteurs de patriotes ont été réunis. La garde nationale est convoquée ; les gardes royaux à cheval, la légion Marie-Thérèse prennent les armes. Les jumeaux traversent la ville à pied. On a choisi pour le lieu du supplice une prairie en face de la Chartreuse, cimetière de Bordeaux. Constantin et César, comme d'habitude, ont des vêtements pareils. Ils se donnent le bras et marchent d'un pas ferme, promenant autour d'eux un regard où se peint la tranquillité de leur conscience. Ils saluent sur leur passage des amis de la veille, aujourd'hui ennemis ou indifférents, qui se sont placés aux croisées pour voir le cortége funèbre. Arrivés sur le terrain, ils refusent de se laisser bander les yeux, s'embrassent avec effusion, puis faisant face au peloton, debout et la tête haute, Constantin commande le feu... Criblés de balles, ils tombent ensemble et se rapprochent dans une dernière convulsion, comme si ces martyrs politiques, dont la destinée avait toujours été unie, eussent voulu confondre leur sang et mêler leur âme dans ce suprême contact.

Au moment où les frères de La Réole recevaient la mort, des applaudissements éclatèrent. C'était la Terreur blanche qui léguait à l'histoire une infamie de plus.

. . . .

. . . .

. . . .

Si les derniers mois de 1815 furent marqués de moindres excès dans la plupart des autres départements, cela ne prouve rien en faveur des ultrà-royalistes. L'occupation étrangère les contint, et l'armée de la Loire leur imposa aussi sur quelques points une modération forcée. Nouveau degré d'abaissement, la France doit à ses ennemis extérieurs d'être préservée d'une réaction plus sanglante, et les crimes de ses enfants dénaturés sont étouffés par ceux-là même dont la présence est pour elle une humiliation. L'assassinat et le massacre sont le triste privilége des provinces du Midi, mais la persécution s'étend partout sur les bonapartistes et les républicains; le royaume, d'un bout à l'autre, est livré à l'arbitraire le plus effréné. La fortune et la liberté des citoyens sont à l'entière discrétion des commissaires royaux, des préfets et des commandants militaires. Pour mériter les faveurs du pouvoir, les magistrats se surpassent l'un l'autre en mesures violentes. Les dénonciations sont à l'ordre du jour; elles se glissent dans les familles, brisent toutes les relations, et font peser une menace incessante sur toutes les têtes. Prononcer un mot de sympathie en faveur des bannis, exalter le courage de nos soldats, plaindre leur malheur, sont des actes coupables; le silence devient un délit, et il n'est point permis, devant les maux de la patrie, de se recueillir dans sa douleur. Celui qui ne prend pas sa part des transports et des bacchanales des royalistes, qui ne se mêle pas à leurs fêtes, qui n'applaudit pas à leurs indécentes vociférations, qui ne va pas répétant sur tous les tons que les armées alliées et les Bourbons ont sauvé la propriété, la famille, l'ordre, la morale, l'humanité, le trône et l'autel, est un suspect. Pour lui, plus de lois ni de garanties sociales. Mieux vaut être assassin ou voleur, que soupçonné de regretter le passé ou d'espérer dans l'avenir. Citons quelques faits entre mille. La délation est prescrite comme un devoir [1]. Le sanctuaire des consciences est violé; et le docteur Montain, médecin à l'Hôtel-Dieu de Lyon, est condamné à cinq ans de détention et deux mille francs d'amende, « pour crime de non révélation d'un complot non exécuté « ni suivi de commencement d'exécution, et dont il a en- « tendu parler chez un de ses malades. » Dans le département de la Côte-d'Or, un grand nombre de citoyens sont expulsés « pour avoir, dit l'arrêté, soit pendant l'interrègne, soit depuis le retour du roi, montré une haine prononcée pour le souverain légitime; leur présence étant un sujet d'inquiétude pour les bons Français, et de scandale pour les chrétiens [2]. » Dans le département de l'Eure, les agents subalternes de la force publique sont invités à s'emparer, sans mandat ni ordres, « de ceux qui répandent de fausses « nouvelles ou qui colportent des écrits et des journaux ré- « digés dans un mauvais esprit. » Une prime leur est accordée pour stimuler leur zèle [3]. En Vendée, tout citoyen convaincu d'avoir tenu des propos contre le roi ou ses loyaux et fidèles serviteurs, est imposé d'une somme de douze francs au profit du dénonciateur; il reçoit de vingt-cinq à cinquante coups de bâton, suivant la gravité du délit, sans préjudice de poursuites ultérieures devant les tribunaux [4]. Le chevalier de Fitz-James, commandant d'armes dans la

[1] Arrêté du préfet du Rhône, M. le comte de Chabrol.

[2] Arrêté du préfet de la Côte-d'Or, M. le comte de Tocqueville.

[3] Arrêté du préfet de l'Eure, M. le marquis de Garille, du 2 janvier 1816.

[4] Ordre du jour du baron de Ménars, aux habitants des Marais, du 1er octobre 1815.

ville de Foix, condamne à être fusillé dans les vingt-quatre heures les individus colportant des écrits séditieux. A Orléans, on brûle en *auto-da-fé* les objets rappelant l'époque impériale, et la cour royale se rend processionnellement à ces cérémonies burlesques. Dans le département de l'Aude, un comité secret fonctionne derrière les autorités. Des magistrats, des négociants, des agriculteurs, des artistes qui ont joui jusqu'alors de la considération publique, sont obligés de prendre la fuite pour se dérober aux assommeurs gagés. Delort, membre de la Chambre des représentants, erre plusieurs mois dans les montagnes ; Rival, ex-receveur général, également député pendant les Cent-Jours, est traîné en prison. Le général Poujet, pour se soustraire aux poignards, se réfugie dans le département de l'Hérault. Un millier d'arrestations a lieu en moyenne dans chaque département; en quelques mois le nombre des personnes incarcérées s'élève à plus de quatre-vingt mille !

L'espèce de gouvernement occulte qui siégeait au pavillon Marsan, et dont le comte d'Artois était le chef, attisait de toutes ses forces ces ardeurs. Les commissaires royaux lui étaient affiliés; et lorsque leurs missions finirent avec les circonstances extraordinaires qui les avaient motivées, ils continuèrent à travailler pour la bonne cause, soit d'une manière officieuse, soit dans les nouvelles fonctions qui furent données à quelques-uns, en récompense de leurs services. C'est ce qui fit que les persécutions illégales ne se ralentirent pas, même quand les lois exceptionnelles eurent régularisé la terreur et donné à l'arbitraire les apparences de la justice. Sans doute, il faut le reconnaître, Louis XVIII et ses ministres eussent voulu pacifier le royaume et rendre la sécurité à ces populations entières vouées aux Euménides de la politique. Mais comment auraient-ils fait ? Leur bras n'était-il pas engagé dans l'engrenage ? L'ordonnance du 24 juillet devait être exécutée; la police de M. Decazes s'était déjà emparée de plusieurs des coupables; il fallait aller jusqu'au bout. Dans la carrière des répressions, il n'est pas loisible de se modérer. Une impulsion irrésistible pousse en avant les pouvoirs, et la voix qui criait au juif maudit de Dieu : Marche ! marche ! se fait entendre lorsqu'ils essaient de se reposer au milieu des douleurs qu'ils ont semées autour d'eux. C'est la première punition du crime, d'être impuissant à secouer ses propres liens.

PROCÈS
DE LABÉDOYÈRE ET DU MARÉCHAL NEY.

On se rappelle que deux catégories avaient été établies par l'ordonnance précitée : celle des citoyens qui devaient être traduits devant les tribunaux, pour avoir trahi le roi avant le 23 mars ; celle des citoyens mis en surveillance hors de Paris. Un grand nombre avaient fui. Ameilh, Arnaud, Alix, Arrighi, Barrère, Bory Saint-Vincent, Cluys, Clauzel, Dejean, Debelle, Dirat, Garreau, Grouchy, Gilly, Harel, Lallemand, Lefebvre-Desnouettes, Maret, Mellinet, Méhée, Réal, Vandamme, passaient la frontière ou trouvaient des retraites sûres en attendant qu'ils pussent rejoindre leurs compagnons d'exil. D'autres sont moins heureux. Le premier qui paie de son sang son dévouement à Napoléon et son amour de la patrie, est le général Labédoyère. Il ouvre le martyrologe où seront inscrits des noms chers à la France, que la restauration crut flétrir, et que le peuple a depuis longtemps réhabilités (¹).

Labédoyère était ce colonel qui, apprenant que Napoléon marchait sur Grenoble, lui avait amené son régiment. On le fit général dans les Cent-Jours. Cette première défection

---

(¹) Un poëte marseillais, M. Berthaud, a exprimé cette idée en quelques bons vers :

> Labédoyère, Ney, victimes politiques,
> Qu'à la hache des rois livrent des fanatiques,
> Et dont les attentats deviendront des vertus,
> Quand les Tarquins chassés feront place aux Brutus.

contribua beaucoup aux succès de l'empereur; l'exemple fut contagieux. Cependant il ne faudrait pas en exagérer la portée. Labédoyère fût resté fidèle au drapeau blanc, que ses soldats eussent couru au-devant des aigles et repris la cocarde tricolore sous les murs de Grenoble, comme toute la garnison de cette ville ne manqua pas de le faire. Avec Ney et Lavalette, Labédoyère était celui des coupables que les royalistes tenaient le plus à frapper. Leur fauve désir fut assouvi. Quand parut l'ordonnance, le général était au milieu de l'armée de la Loire; il s'empressa de se procurer un passeport, afin de partir pour l'Amérique, aussitôt que le licenciement de cette armée le livrerait sans défense aux agents de Fouché et de M. Decazes. Mais Labédoyère tomba dans un piége que lui tendit la police. De faux avis lui furent envoyés sur un prétendu mouvement révolutionnaire qui se préparait dans la capitale. Il quitta Clermont et se rendit à Paris. Le soir de son arrivée, il fut arrêté chez madame Fontery, une amie de sa femme, qui lui avait donné asile. Le complot n'existait pas; mais on n'en fit pas moins répandre le bruit que le gouvernement venait de saisir les trames d'une horrible conspiration, dont Labédoyère était le chef, et que, sans la vigilance de la police, Paris eût été livré à toutes les horreurs de la guerre civile. On effraya ainsi les gens de commerce qui, ayant besoin surtout de la tranquillité publique, font passer l'ordre avant le droit et la liberté. Et quand l'opinion fut ainsi disposée, on traduisit Labédoyère devant une commission militaire où siégeaient l'amiral commandant Berthier de Sauvigny, président; les chefs de bataillon Mazenot de Montdésir, Durand de Sainte-Rose, Saint-Just; les capitaines Grenier et Lantivy; le lieutenant Boulenoy, juges; Viotti, rapporteur. Labédoyère, dans la franchise de son âge (il n'avait que vingt-neuf ans), avoue tous les faits relatifs aux événements de Grenoble; mais il veut expliquer sa conduite par la situation de la France. « Je connaissais la marche de l'esprit public, dit-il, je savais qu'il existait un mécontement général; si les accents les plus faibles pouvaient être de quelque poids au moment de la mort, je vous dirais des vérités utiles. La famille des Bourbons était revenue avec enthousiasme en 1814 ; quelle fut la cause du changement de la nation à son égard ?..... » Le président Berthier de Sauvigny interrompit l'accusé et lui déclara que puisqu'il avouait son crime, il ne lui était pas permis de chercher à l'affaiblir par de telles considérations. « Il n'y a point de crime innocent, » dit Berthier avec emphase. Cela signifiait que dans les procès politiques, il n'y a jamais que des bourreaux et des victimes, et que celui-là est condamné d'avance, qui vient s'asseoir devant un tribunal exceptionnel. La peine de mort fut prononcée. Le jugement ayant été confirmé par un conseil de révision, madame Labédoyère implora Louis XVIII, qui se montra inflexible. Le 19 août, à six heures du soir, le général fut conduit à la plaine de Grenelle où il reçut la mort debout, et commandant lui-même le feu.

Les royalistes avaient choisi leur première victime judiciaire avec une infernale habileté. L'infortuné Labédoyère comptait un grand nombre d'ennemis dans l'armée ; il les devait à une rude apostrophe qu'il avait jetée, dans la Chambre des représentants, après l'abdication de Napoléon. « L'empereur, avait-il dit, doit encore tirer l'épée. Entourés de tous les bons Français, nous nous rallierons autour de lui ; il ne sera abandonné que par ces vils généraux qui l'ont trahi. Malheur à ceux qui méditent en ce moment des trahisons nouvelles ! Plus de ces manœuvres qui ont occasionné les dernières catastrophes, et dont peut-être les auteurs siégent ici. Je demande que les traîtres soient traduits devant les Chambres, et punis de manière à effrayer ceux qui voudraient déserter nos drapeaux ; que leur nom soit livré à l'infamie ; leur famille proscrite ; leur maison rasée ! » On comprend l'irritation que cette violente sortie avait produite chez tous ces vieux généraux qui, soit par lassitude du régime impérial, soit par intérêt, voyaient revenir les Bourbons sans répugnance, pourvu que leurs grades et leur fortune fussent conservés. Ils traitèrent de folle exaltation la fougue patriotique de Labédoyère, et quelques-uns le virent tomber sous les balles avec une secrète satisfaction.

. . . .
. . . .
. . . .

Nous voici devant la grande tache de la restauration, celle dont le souvenir n'est pas encore affaibli, malgré toutes les révolutions qui se sont succédé, et lorsque le plus grand nombre des griefs que la France avait à reprocher à la légitimité se sont effacés, ont disparu au milieu des graves conflits des intérêts nouveaux. Que la presse ait été bâillonnée sous la branche aînée : elle l'a été depuis sous tous les gouvernements. Que des flots de sang aient été versés par ses séides : bien des fois depuis 1830 se sont renouvelées ces scènes navrantes, où le sang français rougit le fer français. Que le despotisme de Louis XVIII et de Charles X ait livré le pays aux jésuites : une autre dynastie est venue qui l'a livré aux corrompus... Le peuple perdit un jour la mémoire des maux du passé, absorbé par les maux du présent. Mais il ne pardonna pas à la restauration, parce qu'il n'oublia jamais la mort du maréchal Ney. La renommée de ce guerrier illustre, le rang élevé de ses juges donnèrent à son procès les proportions nécessaires pour qu'il devînt le point culminant des représailles de 1815, pour qu'il résumât toutes les fureurs du parti triomphant et toutes les haines du parti vaincu.

Ney s'était réfugié dans le département du Cantal, après la retraite de l'armée de la Loire. Il y fut arrêté le 5 août, et conduit à Paris. Enfermé à la Préfecture de police, puis transféré à la Conciergerie, on pratiqua à la porte de sa chambre un guichet qui laissait voir dans l'intérieur. Un gendarme couchait auprès de lui. Les précautions les plus minutieuses furent prises pour rendre impossible toute tentative de fuite. Le préfet de police procéda lui-même au premier interrogatoire. Les procès-verbaux furent rédigés avec une partialité odieuse, et les réponses du maréchal fréquemment altérées. Nous en avons la preuve dans une protestation de l'accusé, datée de la Conciergerie du 25 septembre. « Je suis prêt à répondre à toutes les questions qui me « seront faites, m'en référant d'ailleurs à celles qui m'ont

« été adressées par M. le maréchal de camp Grundler dans
« les divers interrogatoires qu'il m'a fait subir, et protes-
« tant contre ceux rédigés par M. Decazes. » Ney était accusé du crime de haute trahison. Chargé par Louis XVIII
de marcher contre Napoléon Bonaparte, il avait promis à ce
prince de sauver la monarchie. En faisant cette promesse, il
était de bonne foi; mais toutes ses résolutions s'écroulèrent
lorsqu'il reçut un message de l'Empereur, qui lui enjoignait
de se porter à sa rencontre sur la route de Lyon. Le maréchal passant ses troupes en revue sur la place de Lons-le-
Saulnier, leur annonça que la cause des Bourbons était
perdue pour toujours, et qu'il n'y avait plus qu'à se rallier
sous le drapeau tricolore.

Le conseil des ministres s'étant réuni sous la présidence
de M. de Talleyrand, il y fut décidé que le maréchal serait
traduit devant un conseil de guerre et non devant la Chambre des pairs, comme le prescrivait l'article 34 de la charte
constitutionnelle ('). Fouché et Talleyrand voulaient ainsi
débarrasser le procès des formes qui, devant la haute juri-
diction, en eussent retardé le résultat, et répondre d'une
manière victorieuse aux ultrà-royalistes qui les taxaient
d'indulgence à l'égard des ennemis de la royauté et des
patriotes du 20 mars. Un arrêté du ministre de la guerre
Gouvion-Saint-Cyr, rendu le 21 août, nomma le maréchal Moncey, duc de Conégliano, président du conseil de
guerre. Pour s'être tenu à l'écart pendant les Cent-Jours,
Moncey avait montré toutefois, dans sa conduite, une cer-
taine convenance qui contrastait avec les palinodies de tant
d'anciens soldats de Napoléon. A la nouvelle du débarquement du golfe Juan, il avait rappelé au corps de gendarmerie, dont il était inspecteur-général, le serment de fidélité
qui le rattachait au gouvernement du roi; mais il s'était
abstenu de tout outrage envers l'empereur. Pair de France
sous la première restauration, Napoléon le maintint dans
cette dignité, qu'il perdit au retour de Louis XVIII. Aussi-

('') « Aucun pair ne peut être arrêté que de l'autorité de la Chambre et jugé que par elle, en matière criminelle. »

tôt qu'il connut sa nomination à la présidence du conseil de guerre, il écrivit au ministre, le priant de le dispenser d'une fonction aussi pénible. Gouvion-Saint-Cyr lui répondit que l'intention du roi était formelle, et qu'il ne lui restait qu'à obéir. Le vieux maréchal se décide alors à une courageuse résistance; il adresse à Louis XVIII une lettre dans laquelle il déclare à ce prince qu'il lui est impossible de siéger parmi les juges du maréchal Ney :

« Placé, dit-il, dans la cruelle nécessité de désobéir à Votre Majesté, ou de manquer à ma conscience, j'ai dû m'en expliquer; je n'entre pas dans la question de savoir si le maréchal Ney est innocent ou coupable; votre justice et l'équité de ses juges en répondront à la postérité, qui pèse dans la même balance les rois et les sujets.

« Mais, Sire, je ne puis me taire sur les dangers dont on environne Votre Majesté. Eh quoi! le sang français n'a-t-il pas assez coulé? nos malheurs ne sont-ils pas assez grands? l'avilissement de la France n'est-il pas porté à son dernier période? Et c'est lorsqu'on a besoin de rétablir, de restaurer, d'adoucir et de calmer, qu'on nous propose, qu'on exige de nous des proscriptions!

« Il ne reste plus à ma malheureuse patrie qu'une ombre d'existence, et j'irais associer mon nom à celui des oppresseurs! Le trône des Bourbons est menacé par ses propres alliés, et j'irais en saper les fondements! Non, Sire, et vous-même vous ne désapprouverez point ma résolution. Vingt-cinq ans de travaux glorieux ne seront point ternis en un jour : mes cheveux blanchis sous le casque ne deviendront pas sur mon front la marque de l'infamie. Non, Sire, il ne sera pas dit que le doyen des maréchaux ait contribué à votre ruine et à celle de la patrie.

« Ma vie, ma fortune, tout ce que j'ai de plus cher est à mon pays et à mon roi; mais mon honneur est à moi, et aucune puissance humaine ne peut me le ravir; et si je ne laisse à mes enfants que mon nom pour héritage, du moins ne sera-t-il pas souillé.

« Ah! si la Russie et les alliés ne peuvent pardonner au

vainqueur de la Moskowa, la France peut-elle oublier le héros de la Bérésina?

« C'est au passage de la Bérésina, Sire, c'est dans cette malheureuse catastrophe, que Ney sauva les débris de l'armée; j'y avais des parents, des amis, des soldats enfin, qui sont les amis de leurs chefs. Et j'enverrais à la mort celui à qui tant de Français doivent la vie, tant de familles leurs fils, leurs époux et leurs parents! Non, Sire, s'il ne m'est pas permis de sauver mon pays, ni ma propre existence, je sauverai du moins l'honneur; et s'il me reste un regret, c'est d'avoir trop vécu, puisque je survis à la gloire de la patrie. Réfléchissez-y, Sire; c'est peut-être la dernière fois que la vérité parvient jusqu'à votre trône; il est bien dangereux, surtout bien impolitique de pousser les braves au désespoir.

« Excusez, Sire, la franchise d'un vieux soldat qui, toujours éloigné des intrigues, n'a connu que son métier et sa patrie.

« Il a cru que la même voix qui avait blâmé les guerres d'Espagne et de Russie, pouvait aussi parler le langage de la vérité au meilleur des rois, au père de ses sujets.

« Je ne dissimule pas qu'auprès de tout autre monarque ma démarche aurait été dangereuse; je ne dissimule pas non plus qu'elle peut m'attirer la haine des courtisans; mais si, en descendant dans la tombe, je puis, avec un de vos illustres aïeux, m'écrier : tout est perdu hormis l'honneur, alors je mourrai content. »

Ils n'étaient pas dignes de comprendre la noblesse d'un tel langage, l'élévation de cette pensée de soldat sans peur et sans reproche, les descendants énervés d'une race de rois conquérants! Une ordonnance, contresignée par Gouvion-Saint-Cyr, destitua le maréchal et lui infligea un emprisonnement de trois mois, aux termes de l'article 6 de la loi du 13 brumaire an V : « Considérant, dit cette ordonnance, que « le refus du maréchal Moncey ne peut être attribué qu'à « un esprit de résistance et d'indiscipline d'autant plus cou- « pable qu'on devait attendre un exemple tout contraire du « rang éminent qu'il occupe dans l'armée et des principes

« de subordination que, dans sa longue carrière, il a dû ap-
« prendre à respecter. »

Jourdan remplaça le maréchal Moncey, et le conseil de
guerre fut ainsi formé : Le maréchal Jourdan, président; les
maréchaux Masséna, Augereau, Mortier, les lieutenants-gé-
néraux Villate, Maison, Claparède, juges; le baron Join-
ville, commissaire ordonnateur de la 1re division, commissaire du roi; le maréchal de camp Grundler, rapporteur.
Le 10 novembre, Ney comparut devant le conseil; il avait
adressé la veille au président une protestation ainsi con-
çue :

« Je déclare, par ces présentes, décliner la compétence de
« tout conseil de guerre; cependant, par déférence pour
« MM. les maréchaux et officiers supérieurs qui composent
« le conseil de guerre, je consens à répondre à toutes les
« questions qui me seront faites. »

Il renouvela sa protestation dès l'ouverture de la séance,
et demanda formellement à être traduit devant les juges
qui lui étaient attribués par la charte constitutionnelle. Les
moyens d'incompétence furent développés par l'avocat Berryer, jeune royaliste qui rêvait, sous les baïonnettes étrangères et la compression des ultrà, l'alliance du trône légitime et de la liberté. Fatale inspiration, celle qui poussa
Ney à récuser ainsi ses anciens compagnons d'armes. Ceux-
ci savaient qu'on leur envoyait le maréchal moins pour le
juger que pour le condamner. L'écrasante responsabilité
d'un arrêt de mort contre le brave des braves les épouvan-
tait. Peut-être eussent-ils reculé, au moment de donner
leurs voix; et le héros de la retraite de Russie était sauvé.
Mais alors quelles clameurs ne se seraient pas élevées contre eux, et quelle disgrâce n'auraient-ils pas subie, de cette
cour pour laquelle la plupart d'entre eux avaient fait déjà
tant de sacrifices? Ils saisirent avec empressement l'issue
que leur offrait l'accusé. Après une courte délibération, à la
majorité de cinq voix contre deux, ils se déclarèrent incom-
pétents.

Les Tuileries en furent frappées de consternation. Le pavillon Marsan était furieux. Le cabinet fut invité à prendre

immédiatement une résolution. Dès le lendemain une ordonnance royale traduisit le maréchal devant la Chambre des pairs. Les ministres Richelieu, Barbé-Marbois, Dubouchage, Vaublan, Corvetto, Decazes, Clarke, et le procureur général près la cour royale de Paris, furent chargés, comme commissaires du roi, de soutenir l'accusation. Le président du conseil parla le premier dans cette sombre affaire, le 12 novembre. M. de Richelieu, nous l'avons dit, était un esprit juste et modéré; il passait pour un des hommes les plus purs du parti de l'émigration; il n'y avait rien de commun entre lui et ces proscripteurs ardents, ces Bellard, ces Trinquelague, ces Duplessis-Grénédan, ces Castelbajac, que l'on verra bientôt souiller la tribune par des motions sanguinaires. Quel est donc le funeste entraînement, la logique impitoyable des faits, la pente irrésistible des systèmes politiques, qui lui mettent dans la bouche ces paroles dont sa mémoire restera ternie :

« Ce n'est pas seulement au nom du roi, dit-il, que nous nous acquittons devant vous du ministère public, c'est au nom de la France, depuis longtemps indignée et maintenant stupéfaite. *C'est même au nom de l'Europe* que nous venons vous conjurer et vous requérir à la fois de juger le maréchal Ney. Il est inutile, Messieurs, de suivre la méthode des magistrats qui accusent en énumérant avec détails toutes les charges qui s'élèvent contre l'accusé; elles jaillissent de la procédure qui sera mise sous vos yeux....

« Nous accusons devant vous le maréchal Ney de haute trahison et d'attentat contre la sûreté de l'État.

« Nous osons dire que la Chambre des pairs doit au monde une éclatante réparation : elle doit être prompte, car il importe de retenir l'indignation qui de toutes parts se soulève. Vous ne souffrirez pas qu'une plus longue impunité engendre de nouveaux fléaux, de plus grands peut-être que ceux auxquels nous essayons d'échapper. Les ministres du roi sont obligés de vous dire que cette décision du conseil de guerre devient un triomphe pour les factieux. Il importe que leur joie soit courte, pour qu'elle ne soit pas funeste. Nous vous conjurons donc, et, au nom du roi, nous vous requérons de procéder immédiatement au jugement du maréchal Ney. »

Une semaine est consacrée par la Chambre des pairs aux formalités préliminaires du procès. Le baron Séguier, membre de la haute Chambre et président à la cour royale, a été délégué pour suivre l'instruction; Bellart, procureur général, portera la parole au nom des commissaires du roi. Esquissons rapidement la physionomie de ces deux hommes.

Le baron Séguier, d'une famille de robe, tenait son titre nobiliaire et ses hautes fonctions de l'Empereur. Le *Moniteur* est rempli des harangues platement serviles qu'il adressait à Napoléon. En 1812, à propos du procès de Mallet, il_ disait à son maître : « Des insensés ont tenté d'ébranler ce « que le génie et le courage avaient fondé; ils voyaient « l'auguste rejeton de notre empereur, et ils ont méconnu « ce principe fondamental de la monarchie : « Que le roi ne « meurt pas! » Il appartenait à Votre Majesté de le restau- « rer. » Dix-huit mois plus tard, M. Séguier faisait signer à ses collègues de la cour *impériale* une déclaration par laquelle « elle arrêtait que, fidèle aux lois fondamentales du royau- « me, elle appelait de tous ses moyens le chef de la maison « des Bourbons au trône héréditaire de saint Louis. » Et il disait de Louis XVIII : « Bientôt nous verrons celui qui « pour avoir été longtemps éloigné de son trône n'en a pas « moins régné sur nos cœurs. » Le baron Séguier, à l'ina- movibilité de sa magistrature, avait ajouté l'inamovibilité de l'adulation. Sa parole était une sorte d'encensoir perpé- tuellement balancé sous le nez des rois par l'esprit courti- sanesque.

Le procureur-général offrait un autre type. Fils d'un charron-carrossier du quartier du Marais, Bellart était né à Paris le 20 septembre 1761. Il avait fait ses études classi- ques au collège Mazarin; celles de droit sous le professeur Pigeau. En 1785, il était inscrit au tableau des avocats du parlement de Paris. La révolution n'eut pas ses sympathies. Les hardiesses des novateurs effrayaient son caractère na- turellement timide et trembleur. Pendant les années 1793 et 1794, il se tint éloigné de Paris, où il rentra après la réaction thermidorienne pour reprendre sa profession. A la suite de la journée du 13 vendémiaire, il défendit et fit acquitter le général Menou, accusé d'avoir commandé les sections insurgées. Il plaida plus tard pour mademoiselle de Cicé, impliquée dans l'affaire de la machine infernale; elle avait reçu et caché dans son domicile Carbon et Saint-Régent. Quelques passages du plaidoyer qu'il prononça dans ce procès prouvent qu'à cette époque Bellart n'avait pas encore ressenti les atteintes de cette fièvre royaliste, dont les accès furent si funestes aux patriotes. Il y traitait les émigrés « d'enfants parricides, de modernes Coriolan, mendiant de cour en cour des outrages et des ennemis contre le pays natal ('). » En 1814, Bellart était membre du conseil général de la Seine; il y rédigea la proclamation du 1er avril qui amena la reddition de Paris sans garanties. Des lettres de noblesse, la croix de la Légion-d'Honneur et les fonctions de procureur-général près la cour royale de Paris furent sa récompense.

Il voua pour ces faveurs une terrible reconnaissance à la restauration. Bellart fut un des hommes qui la firent haïr. D'une santé délicate, malade de la poitrine, souvent affaissé sous le poids de la douleur physique, il trouvait des forces inconnues dès qu'il était dans l'enceinte d'un tribunal. L'exercice de son ministère devint pour lui une lutte. Il triomphait comme l'esprit du mal, lorsque ses réquisitoires obtenaient un verdict de culpabilité. Du haut du siége de l'accusateur, il faisait retentir un appel effrayant aux passions politiques; et ceux qui le voyaient s'acharner ainsi sur les infortunes livrées à ses outrages, ne comprenaient plus cette image du glaive et de la balance que l'allégorie a placée dans les mains de la Justice. La Justice de Bellart tenait un couperet et s'appuyait sur la bascule d'un échafaud.

Aux prises avec ces deux magistrats, Ney devait succom-

(') *Procès instruit par le tribunal de la Seine, contre les nommés Carbon, Saint-Régent,* etc., floréal an IX. (Tome II, page 130).

ber. Il comparut le 21 novembre devant la Chambre des pairs. L'acte d'accusation était un chef-d'œuvre de haine. « Le débarquement de Cannes, y était-il dit, avait été effec- « tué par Buonaparte à la tête d'une bande de brigands « de plusieurs nations; » et le maréchal avait entraîné les troupes du roi dans le parti de l'usurpateur, « en leur offrant « l'appât le plus séduisant pour des hommes privés d'édu- « cation : celui de la licence, du pillage et de l'ivresse. » MM. Berryer père et fils et Dupin assistaient le maréchal. Un moyen préjudiciel en nullité de procédure fut d'abord présenté, basé sur l'article 33 de la Charte qui exigeait que la Chambre fût organisée en cour criminelle par une loi spéciale, tandis qu'elle l'avait été par une ordonnance. Dans le cas où ce moyen serait repoussé, M. Berryer fils de- manda un délai pour faire entendre plusieurs témoins à décharge. Sur les conclusions conformes de Bellart, la cour passa outre. Le 23 novembre, cinq moyens de nullité furent encore opposés par M. Berryer; ils résultaient de la viola- tion de plusieurs articles du Code d'instruction criminelle. Le procureur-général se borna à établir que la Chambre des pairs était un tribunal exceptionnel placé au-dessus de tou- tes les règles du droit ordinaire et de toutes les formes ju- diciaires. Ses conclusions furent admises. Cependant la Chambre, afin de donner à l'accusé le temps d'étudier le dossier, renvoya la prochaine audience au 4 décembre. Le ministère public avait cité un grand nombre de témoins à charge. La déposition la plus importante fut celle du géné- ral Bourmont, chef d'état-major de l'armée de la Franche- Comté au mois de mars 1815. Cette déposition portait sur les faits qui avaient précédé et accompagné la défection à Lons-le-Saulnier.

« Jusqu'au 14 mars, dit le général Bourmont, les ordres donnés par le maréchal Ney, et transmis par moi, ont été ou m'ont paru conformes aux intérêts du roi. Le 13, au matin, le baron Capelle, préfet du département de l'Ain, arriva à Lons-le-Saulnier de bonne heure, et vint m'appren- dre que la ville de Bourg était insurgée; que le 72e avait arboré la cocarde tricolore, malgré le général, malgré les officiers supérieurs. Je pensai que cette nouvelle devait être communiquée à M. le maréchal et j'allai chez lui pour la lui annoncer. Le maréchal en parut assez fâché, ne me dit que peu de choses; il pensait qu'on pouvait préserver les autres troupes de la contagion.

« Le 14, au matin, le maréchal m'ordonna de faire mettre le 8e régiment de chasseurs à cheval en bataille, et de faire prendre les armes aux autres troupes, pour leur parler. Ensuite le maréchal me dit : — Vous avez lu les proclamations de l'empereur, elles sont bien faites; ces mots : La victoire marche au pas de charge, feront un grand effet, sans doute, sur le soldat; il faut bien se garder de les laisser lire aux troupes. — Sans doute, lui dis-je. — Mais ça va mal, ajouta-t-il; mais n'avez-vous pas été surpris de vous voir ôter la moitié du commandement de votre division, et de recevoir l'ordre de faire marcher vos troupes par deux bataillons et trois escadrons? C'est de même dans toute la France, toute l'armée marche comme cela. C'est une chose finie absolument.

« Je ne l'avais pas compris. Le général Lecourbe entra. — Je lui disais que tout était fini, dit-il au général Lecourbe. Celui-ci parut étonné. — Oui, ajouta le maréchal, c'est une affaire arrangée : il y a trois mois que nous sommes tous d'accord; si vous aviez été à Paris, vous l'auriez su comme moi. Les troupes sont divisées par deux bataillons et trois escadrons; les troupes d'Alsace de même; les troupes de Lorraine de même. Le roi doit avoir quitté Paris, ou il sera enlevé; mais on ne lui fera pas de mal; malheur à qui ferait du mal au roi! on n'avait l'intention que de le détrôner, de l'embarquer sur un vaisseau et de le conduire en Angleterre. Nous n'avons plus maintenant qu'à rejoindre l'Empereur. Je dis au maréchal qu'il était très-extraordinaire qu'il proposât d'aller rejoindre celui contre lequel il devait combattre. Il me répondit qu'il m'engageait à le faire; mais vous êtes libre, ajouta-t-il. Le général Lecourbe lui répondit : — Je suis venu ici pour servir le roi, et non pas pour servir Buonaparte; jamais il ne m'a fait que du mal et le roi ne m'a fait que du bien. Je veux servir le roi, j'ai de l'honneur. — Et moi aussi, répondit le maréchal, j'ai de l'honneur, parce que je ne veux plus être humilié ; parce que je ne veux plus que ma femme revienne chez moi les larmes aux yeux des humiliations qu'elles a reçues dans la journée. Le roi ne veut pas de nous ; c'est évident. Ce n'est qu'avec Buonaparte que nous pouvons avoir de la considération ; ce n'est qu'avec un homme de l'armée que pourra en obtenir l'armée. Venez, général Lecourbe ; vous avez été maltraité, vous serez bien traité. Le général Lecourbe répondit que c'était impossible, qu'il allait se retirer à la campagne. Une petite discussion s'éleva entre eux. Enfin une demi-heure après, il prit un papier sur la table : — Voilà ce que je veux lire aux troupes, dit-il, et il lut la proclamation. Le général Lecourbe et moi nous sommes opposés à ce qu'il voulait faire ; mais persuadés que si tout était arrangé, il avait pris des mesures pour empêcher ce que nous pourrions entreprendre, sachant que les troupes, déjà fortement ébranlées par les émissaires de Buonaparte, avaient en lui une grande confiance (car c'était de tous les généraux celui qui possédait le plus la confiance de toute l'armée), nous résolûmes d'aller sur la place. Nous étions affligés et tristes. Les officiers d'infanterie nous dirent qu'ils étaient bien fâchés de tout cela ; que s'ils l'avaient su, ils ne seraient pas venus. Après la lecture, les troupes défilèrent aux cris de : *Vive l'Empereur !* et se répandirent en désordre dans la ville.

« Le maréchal était si bien déterminé d'avance à prendre son parti, qu'une demi-heure après, il portait la décoration de la Légion-d'Honneur avec l'aigle, et, à son grand cordon, la décoration à l'effigie de Buonaparte. Son parti était donc pris, à moins qu'il ne les eût emportées d'avance à Lons-le-Saulnier, pour le service du roi. »

Ne pouvant retenir son indignation, en entendant un transfuge (¹) l'accuser avec autant de passion, Ney se lève, et l'accablant d'un regard de mépris :

____

(¹) Trois jours avant la bataille de Ligny, le général Bourmont, qui avait obtenu de l'empereur, sur la recommandation de la Labédoyère

« Depuis huit mois que le témoin prépare son thème, il
a eu le temps de le bien faire. Il a cru impossible que nous
nous trouvions jamais en face ; il a cru que je serais traité
comme Labédoyère et fusillé par jugement d'une commission militaire. Mais il en est autrement. Je vais au but. Le
fait est que le 14 mars je l'ai fait demander avec le général
Lecourbe. Ils sont venus ensemble. Je suis fâché que Lecourbe ne soit plus ; mais je l'invoque dans un autre lieu ;
je l'interpelle, contre tous ces témoignages, devant un tribunal plus élevé, devant Dieu qui nous entend tous. C'est
par lui que seront jugés l'un et l'autre et que sera connue
la vérité. J'étais la tête baissée sur la fatale proclamation et
vis-à-vis d'eux. Je sommai le général Bourmont, au nom de
l'honneur, de dire ce qui se passait. Bourmont, sans ajouter
aucun discours préliminaire, prend la proclamation et dit
qu'il est absolument de cet avis. Il la passe ensuite à Lecourbe. Lecourbe la lit, ne dit rien et la rend à Bourmont.
Lecourbe dit ensuite : « Cela vous a été envoyé ; il y a
quelque rumeur, il y a longtemps qu'on prévoit tout cela. »
Le général Bourmont fait rassembler les troupes et il a deux
heures pour réfléchir : quant à moi, quelqu'un m'a-t-il dit :
« Où allez-vous ? Vous allez risquer votre honneur, votre
« réputation pour une cause funeste. » Je n'ai trouvé que
des hommes qui m'ont poussé dans le précipice. — Je n'a-
vais pas besoin, monsieur de Bourmont, de votre avis,
quant à la responsabilité dont j'étais chargé seul ; mais je
demandais les lumières et les conseils d'hommes à qui je
croyais une ancienne affection et assez d'énergie pour me
dire : « Vous avez tort. » Au lieu de cela, vous m'avez entraîné, jeté dans le précipice. — Bourmont rassemble les
troupes sur une place que je ne connaissais même pas. Il
pouvait, s'il jugeait ma conduite mauvaise et que je vou-

et de Gérard, une division de l'armée du nord, abandonna ses drapeaux et se rendit à Gand. On l'accusa d'avoir porté à Louis XVIII les
plans de campagne de Napoléon. Après la bataille de Mont-Saint-Jean,
le roi le nomma, en récompense de sa désertion, commandant de la
frontière du Nord.

lusse trahir, faire garder ma porte. J'étais seul, sans cheval, sans officiers. — Les généraux Bourmont et Lecourbe sont venus me prendre avec les officiers, et m'ont conduit au milieu du carré où j'ai lu la proclamation. Après cette lecture nous avons été arrachés, étouffés, embrassés, par les troupes, qui se sont retirées en bon ordre. — M. de Bourmont a beaucoup d'esprit; sa conduite a été très-sensée. Je l'avais vivement prié de loger chez moi; il ne le voulut pas. Il s'éloigna et se réfugia chez le marquis de Vaulchier, formant ensemble des coteries pour être en garde contre les événements et s'ouvrir dans tous les cas une porte de derrière. »

Quant au fait articulé par le témoin, que Ney avait préparé à l'avance ces décorations impériales, c'était un insigne mensonge. A son arrivée à Paris, il avait encore les plaques aux effigies royales. Le maréchal demande à faire comparaître le joaillier qui lui a fourni de nouvelles décorations après le 20 mars. Bellart s'oppose à ce qu'il fasse la preuve d'un fait aussi important. Il y avait dans l'ensemble des dépositions tant de haine et de mauvaise foi; le président Dambray, l'avocat-général mettaient tant de partialité dans la conduite des débats, que l'issue du procès n'était plus douteuse. Les pairs avaient compris le langage de M. de Richelieu : ils s'apprêtaient « à donner au monde une éclatante réparation. » En vain les défenseurs leur offrirent-ils un expédient honorable, qui eût sauvé l'accusé, sans qu'on pût leur imputer aux Tuileries d'avoir absous le complice de la révolution du 20 mars; on lisait déjà sur leur front une sentence de mort, et l'éloquence de M. Berryer fils, la logique serrée de M. Dupin se brisèrent contre ces cœurs de marbre, sans écho pour les nobles sentiments.

L'article 12 de la capitulation de Paris était ainsi conçu : « Seront pareillement respectées les personnes et les pro« priétés particulières; les habitants et en général tous les « individus qui se trouvent dans la capitale continueront « à jouir de leurs droits et de leur liberté, sans pouvoir être « inquiétés ni recherchés en rien, relativement aux fonc« tions qu'ils occupent ou auraient pu occuper, à leur con« duite ou à leurs opinions politiques. »

Évidemment cet article couvrait le maréchal Ney, ainsi que les généraux de l'armée de la Loire et les fonctionnaires qui se trouvaient dans Paris. Restait à savoir si la capitulation liait les Bourbons et leur était commune avec les armées étrangères. On verra tout à l'heure comment M. Berryer aborda cette question. Le maréchal Ney avait fait citer le prince d'Eckmülh, M. de Bondy, M. de Bignon et M. le général Guilleminot, commissaires chargés par le gouvernement provisoire de traiter avec les alliés, afin de les faire expliquer sur le sens de l'article 12. Le général Guilleminot s'exprima ainsi : « Comme chef de l'état-major, « j'ai été chargé de stipuler amnistie en faveur des person- « nes, quelles que fussent leurs opinions, leurs fonctions « et leur conduite ; ce point a été accordé sans aucune con- « testation. J'avais ordre de rompre toute conférence si l'on « m'eût fait éprouver un refus. L'armée était prête à atta- « quer ; *c'est cet article qui lui a fait déposer les armes.* »

Le prince d'Eckmülh déclara également que la convention n'aurait pas été conclue par lui, si l'ennemi eût rejeté la clause relative à la sûreté des personnes. M. Berryer insiste pour que Davoust indique toute la portée qu'il avait entendu donner personnellement à cet article, en sa qualité de commandant en chef de l'armée française. Mais Bellart et Dambray ne permettent pas au témoin de répondre. Ney s'écrie alors :

« La déclaration était tellement protectrice, que c'est sur elle que j'ai compté. Sans cela, croit-on que je n'aurais pas préféré périr les armes à la main ? C'est en contradiction de cette capitulation que j'ai été, arrêté, et sur sa foi que je suis resté en France. »

Bellart présenta son réquisitoire. Versez un poison corrosif dans une liqueur douceâtre, vous aurez la parole du procureur-général. Une rhétorique sonore parce qu'elle était creuse, une chaleur de tête que le vulgaire prenait pour de l'éloquence, étaient ses seules qualités comme orateur. Comme justicier, il y avait chez lui quelque chose du vampire ; il s'attachait à sa victime avec une rage cadavéreuse, et son corps grêle semblait s'enrichir par avance de tout le

sang qu'il allait faire couler. Voyez-le, cherchant à flétrir de son souffle l'auréole qui entoure le front de l'accusé :
« Qu'importe à la patrie, dit-il, la funeste gloire qui attira
« sur la France des revers que, sans elle, elle n'eût jamais
« connus; qu'importe sa funeste gloire, qu'il a éteinte tout
« entière dans une trahison, suivie pour notre malheureux
« pays d'une catastrophe sur laquelle nous osons à peine
« fixer notre attention. — Brutus oublia qu'il était père,
« pour ne voir que la patrie. Ce qu'un père fit, aux prix de
« la révolte même de la nature, le ministère protecteur de
« la sûreté publique a bien plus le devoir de le faire, mal-
« gré les murmures d'une vieille admiration qui sest trom-
« pée d'objet. »

Divisant la défense en deux parties, M. Berryer prouve, dans la première, qu'il n'y a pas eu de préméditation dans les événements de Lons-le-Saulnier. Il montre l'illustre guerrier animé dans toutes les circonstances d'un vif amour pour sa patrie. « Les formes du gouvernement ont changé bien des fois, dit-il, pendant la vie militaire de l'illustre maréchal; il s'est toujours trouvé attaché uniquement au bonheur et à la gloire de son pays. » Et groupant avec habileté deux faits qui ne sont point sans doute les plus purs de la carrière de Ney, mais qui peuvent justifier, au point de vue des royalistes, la défection dont il est accusé, M. Berryer ajoute :

« Lors de la première invasion du territoire, c'est lui qui voyant que Bonaparte avait follement compromis les intérêts de la France, pressa le premier son abdication. C'est le même désir de sauver la patrie qui, à Lons-le Saulnier, lorsque la défection la plus complète l'entourait de toutes parts, lorsque le plus fatal enthousiasme égarait tous les esprits, exaltait toutes les têtes, lorsque tout le monde était dans la persuasion que le gouvernement royal avait disparu; c'est le même amour pour la patrie qui fit la règle de sa conduite. C'est encore son amour pour son pays qui après la bataille de Waterloo, engagea le maréchal, en présence des représentants les plus distingués de la nation, à leur dévoiler la vérité tout entière. Toute idée de crimina-

6.

lité doit donc disparaître aujourd'hui de sa conduite; le souverain lui-même n'a-t-il pas cédé à l'intérêt de la patrie, lorsqu'il s'est retiré du territoire pour éviter l'effusion du sang français? Ainsi le désir ardent d'empêcher que le sein de la patrie ne fût déchiré, voilà l'unique motif de la conduite du maréchal. »

Dans la seconde partie de son plaidoyer, M. Berryer se proposait d'établir que l'action criminelle, existât-elle réellement, n'était justiciable d'aucune espèce de tribunal, parce qu'il y avait eu remise de la criminalité par la capitulation de Paris; capitulation qui liait le gouvernement de Louis XVIII.

« Malgré le traité du 30 mai, dit-il, l'usurpateur avait reparu. C'est alors que l'Europe, réunie dans un conseil de Majestés, forme une confédération; elle arrête, le 13 mars, à Vienne, que la cause de la légitimité en France sera défendue; qu'on maintiendra le traité de Paris. Les souverains alliés donnèrent au droit de la légitimité le secours de leurs armes; ils firent cause commune et réunirent tous leurs efforts contre ceux qui voudraient troubler la paix générale. La France ne fut pas étrangère à ce traité. Il est signé de MM. le prince de Talleyrand, Dalberg, de Noailles et la Tour-du-Pin. L'alliance signée le 30 mai 1814, est renouvelée dans le traité du 25 mars 1815. Les puissances alliées y règlent le contingent auquel chacune d'elles contribuera pour maintenir le traité de Paris et les décisions du congrès de Vienne. Ainsi, c'est pour l'exécution de ce traité que l'Europe est en armes; de ce traité qui a rétabli en France la plénitude de la puissance royale. Tel est le but de cette nouvelle conclusion. — La France et Sa Majesté faisaient donc partie de cette alliance. C'était pour la cause commune que l'Europe avait pris les armes. Les puissances réalisent leurs promesses; chacune fait marcher le contingent qu'elle avait promis. Tous marchaient d'un commun accord sur la France; mais pas avec la même célérité. Les armées prussienne et anglaise ont été les plus diligentes; elles sont arrivées les premières sous les murs de Paris; mais ce n'était toujours que le résultat de l'accord commun... »

Il est interdit à M. Berryer d'aller plus loin. Le procureur général l'interrompt pour lui dire que c'est « dans les lois « françaises qu'il faut que le maréchal cherche sa défense, « et non dans les traités des puissances étrangères. » Bellart ajoute :

« Déjà les commissaires du roi avaient bien pressenti qu'on ferait valoir ce moyen. Par suite de cette modération dont ils se sont fait un devoir, ils avaient souffert l'audition des témoins qui n'avaient été appelés que pour déposer sur la capitulation de Paris. Nous nous étions réservé de nous opposer à ce moyen : c'est ici le moment de le faire. C'était avec les moyens préjudiciels qu'il trouvait sa place. Il ne s'agit plus aujourd'hui du point de fait, mais du point de droit : les commissaires du roi s'y opposent formellement. »

Et le président Dambray prenant la parole, vide l'incident en ces termes :

« J'aurais dû m'opposer moi-même à la proposition de ce moyen. Depuis hier, j'ai consulté la Chambre ; elle a décidé à une grande majorité, que le moyen ne pouvait pas être présenté. Sa Majesté n'a pu être liée par une convention toute militaire. L'ordonnance rendue par elle, le 24 juillet, et signée par un ministre, membre du gouvernement précédent, en est une preuve bien manifeste. En vertu du pouvoir discrétionnaire qui m'est confié, j'interdis aux défenseurs de se servir de ce moyen. »

Pour repousser les moyens préjudiciels débattus dans les premières séances, Bellart avait prétendu que la Chambre des pairs, comme tribunal exceptionnel, était au-dessus de toutes les règles et de toutes les formes du droit. On invoquait maintenant ces règles et ces formes, contre la défense. M. Dupin essaya cependant à son tour d'arracher le maréchal à d'implacables ennemis. Ney est natif de Sarrelouis. Or, le traité du 20 novembre 1815, qui trace une nouvelle démarcation de territoire, vient d'enlever cette ville à la France,

« La cour, dit M. Dupin, jugera le moyen. Des généraux, des maréchaux, dont le lieu de naissance se trouvait ainsi séparé de notre territoire, ont bien eu besoin de lettres de grande naturalisation pour conserver leurs honneurs et leurs distinctions; pourquoi, dans son malheur, le maréchal Ney, toujours Français dans le cœur, ne pourrait-il user, cependant, du même moyen? »

Cet argument était spécieux et inattendu. Il devait embarrasser le président et le procureur-général; mais il produisit une pénible et douloureuse impression sur le maréchal, qui ne put supporter un instant l'idée de renier sa patrie, de se séparer de ce beau titre de Français. Le soldat s'indigne du rôle mesquin et étroit que lui font jouer devant l'histoire, cet autre tribunal, des arguties au-dessous de son caractère. Il comprend enfin que tout cet appareil de justice n'est qu'une fiction,

« Oui, je suis Français, dit-il avec émotion, et je mourrai Français! Jusqu'ici ma défense a paru libre; maintenant on l'entrave. Je remercie mes défenseurs du dévouement qu'ils m'ont témoigné et qu'ils me témoignent encore. Mais qu'ils cessent ma défense, plutôt que de la présenter incomplète. Je fais comme Moreau, j'en appelle à la postérité. »

La persistance des défenseurs, qui cherchent une planche de salut dans ce grand naufrage de la justice, les nobles paroles de l'accusé, ont profondément irrité le procureur-général. Il lui tarde de précipiter un dénouement prévu.

« C'est abuser vraiment de notre patience, dit-il. On a employé toute la matinée à présenter des moyens extraordinaires; on a soutenu des principes désavoués dans toutes les législations; nous avons laissé aux défenseurs la liberté la plus entière; mais on en a abusé jusqu'à la licence. Sous prétexte de se défendre, on introduit un nouveau moyen véritablement tardif, parce que l'état de la cause est définitivement arrêté, et qu'il ne s'agit plus que des faits. Défendre ce moyen, ce n'est point gêner la liberté. »

Et comme M. Dupin se lève pour répondre à ces inqualifiables sorties, Ney le prie de cesser une défense inutile. « Monsieur le président ordonnera à la Chambre ce qu'il voudra. Qu'elle juge! » Ce sont ces dernières paroles.

On fait évacuer les tribunes publiques; le maréchal est ramené dans sa prison, et les pairs entrent en délibération à cinq heures du soir (6 décembre). Avant l'appel nominal, le maréchal Augereau demande à se retirer, se fondant sur ce qu'il a siégé dans le conseil de guerre. Les anciens ministres Talleyrand, de Jaucourt et Gouvion-Saint-Cyr se récusent parce qu'ils ont pris part à l'acte d'accusation. Tous les pairs ecclésiastiques se font excuser, le ministère sacré leur interdisant de se prononcer dans une cause criminelle. On ne compte plus ainsi que cent soixante votants; mais il a été décidé que les voix des pairs qui sont parents entre eux ne compteront que pour une, et les votes effectifs sont réduits à cent quarante-cinq. Sur l'accusation de haute trahison et d'attentat contre la sûreté de l'État, il y eut une voix négative, une abstension, et cent cinquante-huit voix affirmatives. Sur l'application de la peine, cent trente-huit (cent vingt et un votes effectifs) pour la mort par les armes, dix-sept pour la déportation. Cinq pairs refusèrent de voter parce que la défense n'avait pas été libre. A onze heures du soir, l'audience publique est reprise. Les défenseurs ne se présentent pas. Les tribunes publiques ouvertes aux affidés du pavillon Marsan, à des hommes de la police, à quelques grandes dames, de celles qui ont dansé sous les fenêtres du roi le 7 juillet précédent, recueillent avec avidité la sentence de mort, lue par M. Dambray.

« La Chambre après avoir délibéré, dit-il, — Attendu qu'il résulte de l'instruction et des débats que le maréchal Ney, prince de la Moskowa, est convaincu d'avoir, dans la nuit du 13 au 14 mars 1815, reçu plusieurs émissaires de l'usurpateur; d'avoir ledit jour, sur la place publique de Lons-le-Saulnier, département du Jura, lu à la tête de son armée une proclamation tendant à la porter à la révolte et à la défection; d'avoir immédiatement donné l'ordre de se réunir à l'ennemi et d'avoir lui-même, à la tête de ses troupes, effectué cette réunion; — qu'en conséquence il est convaincu du crime de haute trahison et d'attentat contre la sûreté de l'État, dont le but était de changer la forme du gouvernement et l'ordre légitime de succession au trône;

condamne Michel Ney, maréchal de France, duc d'Elkingen, prince de la Moskowa, ex-pair de France, à la peine de mort. »

Puis, comme si ce n'était pas assez, comme s'il était possible à un tribunal impie d'ôter à Michel Ney quelque chose de plus que la vie, le président ajoute, sur le réquisitoire de Bellart :

« Au nom de la Chambre, je déclare que le maréchal Ney, membre de la Légion-d'Honneur, ayant manqué à l'honneur, a cessé de faire partie de la Légion. »

Ney s'était paisiblement endormi dans la prison du Luxembourg. On le réveilla pour lui donner lecture du jugement. L'archiviste général Cauchy lui ayant témoigné par quelques paroles pleines d'émotion le regret qu'il éprouvait de remplir une mission semblable : « Faites votre devoir, « Monsieur, lui dit le maréchal; il faut que chacun fasse « le sien; lisez. » Il demande ensuite à voir sa femme et ses enfants, ajoutant : « J'espère que votre lettre ne leur « annoncera point que j'ai été condamné; c'est à moi à le « leur apprendre. » A quatre heures du matin, la maréchale accompagnée de sa sœur, madame Gamot, et de ses enfants, fut introduite. La maréchale s'évanouit dans les bras de son époux. Les enfants étaient sombres et silencieux. Ney leur parla longtemps à voix basse. Enfin comme l'heure fatale approchait, il fit comprendre à sa femme que peut-être il était temps encore de pénétrer jusqu'au roi et de faire appel à sa clémence. Cette pieuse supercherie mit fin à une entrevue déchirante. Il avait été question, en effet, dans le cabinet d'invoquer le droit de grâce; le ministère commençait à s'effrayer de l'entraînement avec lequel les Chambres exagéraient toutes les lois de répression qu'on leur soumettait, et M. de Richelieu s'était rendu dans la soirée auprès du roi, pour lui exposer le vœu de ses collègues. Louis XVIII inclinait aussi vers un pardon généreux. Le conseil de famille ayant été consulté, comme cela avait eu lieu lors du procès de Lavalette, la duchesse d'Agoulême entre autres fit prévaloir la politique du sang. A neuf heures du matin,

Ney fut conduit au supplice. Il avait consenti à recevoir le curé de Saint-Sulpice, et il s'entretint un instant avec ce prêtre. Les exécutions militaires se faisaient ordinairement à la plaine de Grenelle ; mais on craignait de ce côté quelque rassemblement populaire. Arrivé dans la grande allée de l'Observatoire, au bout du jardin du Luxembourg, le maréchal descendit de voiture. Il se plaça devant le mur de cette allée, et s'adressant d'une voix ferme au peloton de vétérans : « En face de Dieu, je déclare que je n'ai ja-« mais été traître à ma patrie. Puisse ma mort la rendre « plus heureuse. Vive la France ! Soldats, droit au cœur ! »

L'officier qui commandait le peloton voulut ordonner le feu ; mais ses lèvres s'agitèrent sans pouvoir articuler un seul mot : il était comme pétrifié. Il y eut un moment d'anxiété inexprimable parmi les soldats... Un des juges du maréchal, le général de la Force, pair de France, s'avança alors, et d'une voix brève et sèche donna lui-même le signal.

Ney tomba sans mouvement, percé de douze balles.

Suprême consolation pour les patriotes qui ont succombé et pour tous ceux qui succomberont encore dans la lutte des partis ; pour tous ces prétendus coupables qui ne sont que des vaincus : un des principaux organes de la légitimité s'exprimait ainsi en annonçant la mort du maréchal : « Voilà donc un grand exemple de justice accompli ! « La postérité à laquelle l'accusé en a appelé ratifiera le juge-« ment déjà confirmé par tous les contemporains impartiaux, « et l'histoire exercera sur la mémoire du maréchal Ney une « justice qu'il est aisé de prévoir et que son sang fumant en-« core nous défend seul de prévenir (¹). » Et l'histoire a cassé le jugement ; elle a flétri les juges ; la sentence du 6 décem_ bre 1815 n'est plus qu'un *assassinat juridique* (²), une *œuvre d'iniquité et de réaction* (³). Donnez d'autres juges aux criminels d'État, que le temps calme les intérêts, modifie les

(¹) *Journal des Débats*, du 8 décembre 1815.

(²) Armand Carrel devant la cour des pairs.

(³) M. Dupin. Article publié dans la *Gazette des Tribunaux* par ce jurisconsulte, en 1831, pour la réhabilitation du maréchal Ney.

passions, leur vie sera en sûreté, peut-être en honneur ([1]).

. . . .

Dans un pareil milieu, lorsque la loi et les tribunaux qui en sont l'instrument semaient l'épouvante ; lorsque des provinces entières étaient la proie d'une bande de sicaires ; que partout régnaient l'arbitraire et la terreur, et qu'à défaut des actes, de la moindre démarche, une seule parole suffisait pour appeler les persécutions des agents d'une monstrueuse autorité, le résultat des élections devait être déplorable. La presse n'existait point dans les départements ; à peine si quelques villes possédaient un journal politique, maculé de l'empreinte de l'hôtel de la préfecture, et servant d'organe aux commissaires royaux ; le reste n'était que de misérables feuilles d'annonces. Les libraires étaient forcés de donner aux magistrats la liste des brochures qu'ils recevaient de Paris ; et l'on empêchait la circulation de celles qui contenaient la trace d'une pensée généreuse ([2]). Tout ce qui constitue la vie publique et morale d'un peuple s'éteignait sous la main de la police. Les mauvaises passions seules circulaient dans le corps social. Les patriotes s'abstinrent de voter. Une minorité factieuse s'empara des urnes, et les colléges envoyèrent à la Chambre tout ce qu'il y avait dans le parti royaliste de plus rétrograde, de plus aveugle, de plus exalté : des hobereaux qui songeaient sérieusement au retour des corvées, et qui ne voyaient pas pourquoi la restauration du vieil édifice monarchique s'arrêterait au trône, et ne rétablirait pas aussi les pigeonniers féodaux; des émigrés, dont l'appétit aiguisé par un jeûne politique d'un quart de siècle dévorait par la pensée la France entière; des intrigants compromis dans les conspirations chouanes soldées par l'Angleterre ; des hommes de mœurs douteuses; qui se donnaient pour mission de rendre à l'Église, non pas ses vertus primitives, mais ses richesses confisquées par

([1]) Discours de M. Berryer à la Chambre des députés, le 27 septembre 1830.

([2]) *De l'Etat de la liberté en France*, par C. A. Scheffer. — Cette situation existait encore à la fin de 1817.

l'Etat ; non pas son influence spirituelle, mais sa puissance et ses biens temporels. Le château n'avait point compté sur un succès aussi complet. « Dans les circonstances doulou-« reuses où nous étions, dit un peu plus tard Louis XVIII, « une pareille Chambre était *introuvable*. » Le nom de *Chambre introuvable* restera à la législature de 1815-1816. Sur quatre cent deux membres, elle renfermait deux cents nobles, tous plus royalistes que le roi et plus catholiques que le pape ; et ceux qui appartenaient à ce qu'on nommait alors la roture, faisaient oublier leur naissance plébéienne par tant de préjugés, par un servilisme si profond pour tout ce qui touchait aux intérêts de l'aristocratie, qu'ils paraissaient avoir été choisis par les électeurs dans les antichambres mêmes des premiers. En tête de cette phalange épaisse, on distinguait quelques hommes d'un talent relatif : le mé-taphysicien de Bonald, M. de Corbières, M. de Grosbois, le procureur général Bellart, M. Lainé. Venaient ensuite Armand de Polignac, le comte de Labourdonnaie, ancien chouan ; le comte Humbert de Sesmaisons ; Hyde de Neuville ; le comte de Salaberry, ex-officier de l'armée vendéenne sous Bourmont ; le marquis de Bouville, ex-constituant du côté droit ; le général Canuel, républicain converti, et dont l'Ouest connaissait la férocité ; M. Trinquelague, l'un des protecteurs des assassins de Nîmes. Enfin, s'avançait confusément, remuante, impatiente, désordonnée, la cohue du parti, sombre nuée qui portait dans ses flancs les foudres du royalisme : MM. de Béthisy, le vicomte de Bruges, Bourienne, de Boisgelin, de Castelbajac, Duplessis-Grénédan, de Chabrillant, de Corday, d'Haussez, de Jumilhac, le comte de Juiné, Laborie, de Marcellus, le journaliste Michaud, le marquis de Maisonfort, de Montbel, Murarde de Saint-Romain, de Puymaurin, de Puyvert, Poyferré de Cère, de Rougé, Syrieys de Merinach, de Vogué, de Vitrolles ; et cent autres, obscurs champions d'une cause perdue aujourd'hui, et que nous laisserons dormir dans les ténèbres d'où ils ne surgirent un instant que pour offenser la raison et outrager l'humanité.

LA CHAMBRE INTROUVABLE.

Les tendances de l'une et l'autre Chambre se manifestè-
rent dans leur réponse au discours de la couronne. « Nous
« nous presserons, dirent les pairs, autour de ce trône tuté-
« laire, devenu l'autel de la patrie. Nous y porterons sans
« doute des vœux d'amour et non des idées de ressen-
« timent ; mais nous sommes dans la parfaite confiance
« que V. M. saura toujours concilier avec le bénéfices
« de sa clémence les droits de la justice, et nous ose-
« rons solliciter humblement de son équité la rétribution
« nécessaire des récompenses et des peines, et la pureté
« des administrations publiques. » Les députés furent beaucoup plus explicites dans leurs excitations aux mesures ri-
goureuses : « Au milieu des vœux de concorde universelle,
« c'est notre devoir de solliciter votre justice contre ceux
« qui ont mis le trône en péril. Nous vous supplions, au
« nom de ce peuple même, victime des malheurs dont le
« poids l'accable, de faire enfin que la justice marche où la
« clémence s'est arrêtée. Que ceux qui, aujourd'hui encore,
« encouragés par l'impunité, ne craignent pas de faire pa-
« rade de leur rébellion, soient livrés à la juste sévérité des
« tribunaux. La Chambre concourra avec zèle à la con-
« fection des lois nécessaires à l'accomplissement de ce
« vœu. »
Aux passages que nous venons de rapporter, le ministère
Richelieu avait pu apprécier le tempérament des deux assemblées. Elles demandaient avec quelques nuances de langage des mesures de rigueur : il fallait les satisfaire. Un
ensemble de lois est préparé, destiné à régulariser l'arbitraire qui règne sur les départements, à ôter aux citoyens
tout espoir dans une justice vengeresse des droits foulés aux
pieds. On suspendra la liberté individuelle ; de nouveaux

crimes et de nouveaux châtiments seront inventés, pour lesquels on créera des tribunaux exceptionnels, des commissions militaires sans appel ; et l'on arrivera jusqu'à incriminer et à punir l'intention et la pensée, même lorsqu'elles n'auront été suivies d'aucune manifestation publique. Le 16 octobre, Barbé-Marbois soumet à la Chambre des députés une loi sur les écrits, les discours et les cris séditieux, qui renvoie les prévenus devant les tribunaux de police correctionnelle et les frappe, suivant la gravité du délit, de trois mois à cinq ans de prison, et de la privation de certains droits politiques. M. Guizot, malgré le changement de ministère, était resté au secrétariat-général de la justice ; M. Pasquier l'avait légué à son successeur comme un précieux sophiste. Chargé de rédiger l'exposé des motifs, le secrétaire-général avait tracé une telle peinture « des détes- « tables entreprises et des crimes des séditieux, qui, pour « troubler l'ordre social, recourent à la parole et aux écrits, « lorsque la force publique arrête leurs desseins, » que le projet ministériel parut insuffisant à la Chambre pour atteindre de tels coupables. Aussi la commission à laquelle fut renvoyé le travail de Barbé-Marbois, en changea toute l'économie et en fit une des législations les plus monstrueuses qui fussent jamais sorties du délire des partis. Louis XVIII, instruit des additions et des amendements apportés par la commission, déclara qu'il les acceptait, et M. Pasquier, rapporteur, communiqua à la Chambre le projet définitif, dont voici les dispositions principales :

Art 1er. Seront poursuivies et jugées *criminellement* toutes personnes coupables d'avoir ou imprimé, ou affiché, ou distribué, ou vendu, *ou livré a l'impression* des écrits ; d'avoir, dans des lieux publics ou destinés à des réunions habituelles de citoyens, *fait entendre des cris*, ou proféré des discours, toutes les fois que ces cris, ces discours, ou ces écrits auront exprimé la menace d'un attentat contre la vie, la personne du roi ; la vie ou la personne des membres de la famille royale ; toutes les fois qu'ils auront excité à s'armer contre l'autorité royale, ou qu'ils auront provoqué directement ou indirectement au renversement du gouvernement, ou au changement de l'ordre de successibilité au trône, *lors même que ces tentatives n'auraient été suivies d'aucun effet et n'auraient été liées à aucun complot.* Les coupables des crimes ci-dessus énoncés seront punis de la peine de la déportation.

Art. 2. Seront punies de la même peine toutes personnes coupables d'avoir arboré, dans un lieu public ou destiné à des réunions habituelles de citoyens, un drapeau autre que le drapeau blanc.

Seront punies de la même peine les personnes qui seraient auteurs de cris séditieux dans les palais du roi ou sur son passage.

Art. 3. Les cours d'assises connaîtront des crimes énoncés aux deux articles précédents.

Art. 4. Seront déclarés séditieux tous cris, tous discours proférés dans des lieux publics ou destinés à des réunions de citoyens, tous écrits imprimés, même tous ceux qui, *n'ayant pas été imprimés,* auraient été ou affichés ou vendus, ou distribués, *ou livrés à l'impression,* toutes les fois que par ces cris, ces discours ou ces écrits, on aura tenté d'affaiblir, par des calomnies ou des injures, le respect dû à la personne ou à l'autorité du roi, à la personne des membres de sa famille, ou que l'on aura invoqué le nom de l'usurpateur ou d'un individu de sa famille, ou de tout autre chef de rébellion ; toutes les fois encore que l'on aura, à l'aide de ces cris, de ces discours ou de ces écrits, excité à désobéir au roi ou à la Charte constitutionelle.

Art. 5. Sont aussi déclarés coupables d'actes séditieux les auteurs, marchands, distributeurs, expositeurs de dessins ou images, dont la gravure, l'exposition ou la distribution tendrait au même but que les cris, les discours et les écrits mentionnés en l'article précédent.

Art. 6. Sont décalrés actes séditieux : l'enlèvement ou la dégradation du drapeau blanc, des armes de France et autres signes de l'autorité royale, la fabrication, le port, la distribution de cocardes quelconques, et de tous autres signes de ralliement défendus ou même non autorisés par le roi.

Art. 7. Sont coupables d'actes séditieux toutes personnes qui répandraient ou accréditeraient, soit des alarmes touchant l'inviolabilité des propriétés qu'on appelle nationales, soit des bruits d'un prétendu rétablissement des dîmes ou des droits féodaux, soit des nouvelles tendantes à alarmer les citoyens sur le maintien de l'autorité légitime et à ébranler leur fidélité.

Art. 8. Sont encore déclarés séditieux les discours et écrits mentionnés en l'article 4 de la présente loi, *soit qu'ils ne contiennent que des provocations indirectes* aux délits énoncés aux articles 4, 5, 6 et 7 de la présente loi, soit qu'ils donnent à croire que des délits de cette nature ou les crimes énoncés aux articles 1 et 2 seront commis, ou qu'ils répandent faussement qn'ils ont été commis.

Art. 9. Les auteurs et complices des délits prévus par les articles 4, 5, 6, 7 et 8 de la présente loi seront poursuivis et jugés par les tribunaux de police correctionnelle ; ils seront punis d'un emprisonnement de cinq ans au plus et de trois mois au moins. Ils seront, en outre, condamnés à une amende dont le minimum sera de cinquante francs, et dont le maximum sera de vingt mille francs.

Tout condamné qui se trouvera jouir d'une pension de retraite civile ou militaire, ou d'un traitement quelconque de non-activité, sera privé de tout ou partie de sa pension de retraite, et de tout ou partie de son traitement de non-activité pour un temps qui sera déterminé par le tribunal.

En cas de récidive, les coupables seront punis d'une peine double, de telle manière que l'emprisonnement pourra être de dix années, et la mise en surveillance de dix années pareillement.

Dans la discussion qui s'ouvrit sur cette loi, les ultrà préludèrent à leurs fureurs. Humbert de Sesmaisons demanda que la peine de mort fût substituée à la déportation. Piet (de la Sarthe) s'exprima ainsi : « Prenez toutes les précautions pour l'exécution de la loi ; que les maires, les juges de paix, les officiers de gendarmerie en soient personnellement responsables. Qu'on frappe de mort toute personne coupable d'avoir arboré, dans un lieu public, un drapeau autre que le drapeau blanc, ou d'avoir dit et imprimé des menaces contre la vie et la personne du roi ! » Subsidiairement il proposa la peine des travaux forcés. « Il faut les punir comme des parricides, s'écrie Boin (du Cher), s'il y a eu commencement d'exécution d'un complot. » Et il imagine les gradations suivantes : Les crimes mentionnés en l'article 1er seront punis de dix années de travaux forcés ; ils seront punis de mort, s'ils sont la suite d'un complot, quoiqu'il n'y ait pas eu de commencement d'exécution ; les coupables subiront la peine des parricides, s'il y a eu commencement d'exécution. Blondel (du Pas-de-Calais) était d'avis qu'on remplaçât les cours d'assises par les cours prévôtales. Salaberry et de Sesmaisons voulaient qu'on accordât aux dénonciateurs le tiers des amendes dont les coupables seraient frappés. Bellart, que satisfaisait la déportation, fit remarquer « qu'il n'était pas sans exemple qu'un malheureux sortant d'une taverne, qu'un enfant de seize ans, entraînés par une mauvaise suite d'idées, eussent, dans un moment d'égarement, commis isolément le crime dont il s'agissait; la peine de mort serait trop sévère. » Comme si, dans un pareil cas, la déportation elle-même n'était pas une peine exorbitante ! — « Qu'importe, lui répondit de Sesmaisons, l'impuissance des coupables, leur état d'ivresse, ou leur extrême jeunesse ? C'est le crime lui-même, ce sont ses effets désastreux et presque toujours inévitables qu'il faut punir. » Des applaudisssements frénétiques, partis des bancs où siégeaient les Trinquelague, les Montfleury, les Forbin des Issarts, les Duplessis-Grénédan, accueillaient ces propositions. La majorité vota le projet tel que la commission l'avait amendé; soixante-neuf voix protestèrent. Il fut également adopté par la Chambre des pairs, où le ministre de la justice, pour calmer les scrupules de ceux qui parlaient, comme à la Chambre des députés, de remplacer la déportation par la mort, prouva que l'une vaudrait l'autre : « La Guyane, dit-il, parait être le seul endroit où l'on puisse fixer le séjour des déportés. C'est là que sur une terre ingrate, brûlée des feux de l'équateur, les déportés expieront leurs crimes. En 1764, on voulut donner une population á cette colonie; treize mille hommes, partie Français, partie étrangers, y furent transportés et établis aux frais du gouvernement; les deux tiers de cette *multitude* périt en peu de semaines. »

Sous le titre de loi de Sûreté générale, M. Decazes déposa le 18 octobre un projet suspendant dans toute la France la liberté individuelle. C'est toujours au nom de la liberté que la liberté, depuis 1815, a été assassinée en France. Le ministre de l'intérieur ne manqua pas d'user, dans son exposé des motifs, du procédé dont ses successeurs ont varié á l'infini les moyens. « Vous connaîtrez, dit-il, dans les diverses dispositions du projet, la sollicitude d'un prince dont le premier soin, lorsqu'il nous a été rendu, a été d'assurer et la liberté publique et la liberté individuelle. — Le besoin le plus pressant pour un citoyen, si par la nécessité des circonstances il a dû un moment être privé d'un droit qui appartient à chacun, est de ne voir sa liberté attaquée que dans les formes prescrites par la loi, jusqu'au moment où il sera incessamment et immédiatement traduit devant les tribunaux. »

Quatre articles composaient cette loi de Sûreté générale :

Art. 1er. Tout individu, quelle que soit sa profession civile, militaire ou autre, qui aura été arrêté comme prévenu de crimes ou délits contre la personne ou l'autorité du roi, contre les personnes de la famille royale, ou contre la sûreté de l'Etat, pourra être détenu jusqu'à l'expiration de la présente loi, si avant cette époque il n'a été traduit devant les tribunaux.

Art. 2. Les mandats à décerner contre les individus prévenus des crimes mentionnés à l'article précédent, ne pourront l'être que par les fonctionnaires à qui les lois confieront ce pouvoir : il sera par eux rendu compte, dans les vingt-quatre heures, au préfet du département, et par le préfet au ministre de la police générale, qui en référera au conseil du roi. — Le fonctionnaire public qui aura délivré le mandat, sera tenu en outre d'en donner connaissance, dans les vingt-quatre heures, au procureur du roi de l'arrondissement, lequel en informera le procureur général, qui en instruira le ministre de la justice.

Art. 3. Dans le cas où les motifs de préventions ne seraient pas assez graves pour déterminer l'arrestation, le prévenu pourra provisoirement être renvoyé sous la surveillance de la haute police, telle qu'elle est réglée au chapitre III du livre Ier du Code pénal.

Art. 4. Si la présente loi n'est pas renouvelée dans la prochaine session des Chambres, elle cessera de plein droit d'avoir son effet.

Organe de la commission chargée d'examiner le projet, M. Bellart termine son rapport par une péroraison qni depuis a fait bien des plagiaires :

« Quelques hommes, dit-il, ne manqueront pas de gémir hypocritement sur ce qu'ils appelleront avec emphase une atteinte portée à la liberté individuelle, et de se jeter dans des abstractions métaphysiques, pour calomnier une mesure dont il n'est pas un seul homme de bien qui ne sache qu'elle est indispensable. — Que répondrez-vous à ces déclamations ? — Rien. — Levez les yeux sur eux. Seulement on peut se tenir assuré à l'avance qu'on n'y trouvera jamais un ami véritable de la Charte ni du pays. On y rencontrera toujours bien des hommes qui ont accepté, avec tant de mansuétude, ou qui ont secondé avec tant de violence le despotisme sanglant que l'on vit se jouer si longtemps de tous les droits des Français. Pourquoi se taisaient-ils alors, ou pourquoi rompent-ils aujourd'hui le silence ? Que le peuple ne s'y trompe pas ; ils ne l'entretiennent de ses maux qu'avec la résolution de les aggraver ; ils ne parlent tant de la liberté que pour la faire périr. »

Ainsi c'était pour empêcher la liberté de périr que l'on livrait le plus précieux des droits de l'homme au caprice de tout fonctionnaire, depuis le préfet jusqu'au garde champêtre. Dans un chapitre précédent nous avons dit que plus de soixante dix mille citoyens furent incarcérés en quelques mois. Les arrestations, sous le régime de cette autre loi des suspects, ne devaient connaître d'autres limites que celles mêmes du possible ; l'on ne cessa d'emprisonner que lorsque toutes les prisons furent remplies.

Plusieurs députés prirent la parole contre le projet. Voyer-d'Argenson et Vacher-Tournemine (du Cantal) en repoussèrent toutes les dispositions. Le premier demanda une enquête sur la situation du pays. M. Royer-Collard proposa d'accorder aux seuls préfets la délivrance des mandats d'arrêt. Hyde de Neuville combattit cet amendement ; selon lui une pareille garantie était superflue, quand il s'agissait de confier « à un père de famille, au roi le plus sage des « rois, le soin de sauver la France! » Ce sentimentalisme politique obtenait alors beaucoup de succès, et l'on avait répondu à toutes les objections, quand on savait crier au bon moment : « Vive le roi! O mon roi! » Ce fut en vain que MM. de Serre (du Bas-Rhin), Colomb (des Hautes-Alpes), Chifflet (du Doubs), essayèrent de ramener la loi à un moindre arbitraire, et que M. Pasquier lui-même blâma ses termes ambigus ; elle fut votée par deux cent quatre-wingt-quatorze députés contre cinquante-six opposants.

On avait remarqué dans le rapport de M. Pasquier sur la

loi concernant les discours et les cris séditieux, ce passage significatif : « La commission a suppléé aux omissions présentées par le Code pénal, et complété la série des pénalités légales, de manière à rendre faciles les opérations des *cours prevôtales*, si généralement désirées parmi les amis de l'ordre et de la paix publique, et pour le prompt établissement desquelles les bureaux de la Chambre ont exprimé un vœu que le roi a entendu, qu'il ne tardera pas à exaucer. » M. de Richelieu s'empressa d'obtempérer à cette injonction. Les cours prévôtales, instituées d'abord pour connaître des crimes et des délits des gens de guerre, appliquées ensuite à ceux commis à main armée sur les grandes routes, par des bandes de malfaiteurs ou de vagabonds, avaient reçu un grand développement et une plus large application en 1563 à l'époque des premières guerres de religion. Combien d'innocents furent alors sacrifiés, par ces commissions militaires, qui se transportant avec rapidité de commune en commune, recueillant à la hâte des témoignages passionnés, étouffant toute défense, pour ne tolérer à leur barre que les délations et les haines, faisant exécuter sur l'heure les sentences de mort, et continuant aussitôt la funèbre tournée, laissaient derrière elles une longue et chaûde traînée de sang !

Présentée le 17 novembre par le duc de Feltre, ministre de la guerre, la loi sur le rétablissement des cours prévôtales fut remaniée par une commission qui en augmenta les rigueurs, et donna au ministère public la faculté d'appeler *à minima*, lorsque les condamnés n'avaient aucun recours à exercer. Le rapporteur, M. Delamarre (de la Seine-Inférieure), peignit toute la politique de son parti dans cette phrase qui fut couverte de longs applaudissements : « Il est temps de mettre un terme à la clémence ! poursuivons le crime, et que la répression le suive de près. » Une cour prévôtale sera établie dans chaque département. Elle sera composée d'un prévôt, ayant au moins le rang de colonel, et de quatre juges pris parmi les membres du tribunal de première instance. Elle connaîtra de tous les crimes attribués par les lois antérieures aux cours spéciales, et en outre, de quelques-uns de ceux prévus et punis par les lois nouvelles : tels que d'avoir fait partie d'une réunion séditieuse, d'une bande armée, d'avoir fourni des armes à la rébellion, arboré un drapeau ou un signe de ralliement autre que la cocarde et le drapeau blanc, publié des écrits, prononcé des discours ou poussé des cris renfermant une menace d'attentat contre la personne du roi ou contre les membres de sa famille, ou provoquant au renversement de l'autorité royale. Tous les individus en prévention pour ces crimes au moment de la promulgation de la loi en subiront les effets, et le droit de grâce, que le monarque tient de la Charte, est restreint aux seuls condamnés que la cour prévôtale recommandera à sa haute clémence. Le prévôt doit se rendre sur tous les points du département où les besoins de l'instruction réclameront sa présence, et poursuivre, non-seulement dans les cas de flagrant délit et de révélations par la rumeur publique, mais encore sur toutes les dénonciations privées. Les sentences seront exécutées dans les vingt-quatre heures.

Sur les bancs de la majorité, on voulait aller aux voix sans discussion. Quelques députés indépendants eurent beaucoup de peine à se faire entendre. Voyez-d'Argenson flétrit l'ensemble du projet. Le courageux représentant du Haut-Rhin, en butte aux attaques des royalistes, désigné comme un factieux pour ses discours précédents en faveur de la liberté individuelle et contre l'aggravation des peines, démontra que les attributions des nouvelles cours prévôtales dépasseraient de beaucoup celle des anciennes, qui étaient déjà pour les bons citoyens un objet d'épouvante. Relevant quelques expressions de l'exposé du duc de Feltre : « On a dit que l'arrivée du prévôt suffisait seule pour jeter l'effroi parmi la multitude ; dirai-je d'où venait cette terreur ? Ce n'était pas de l'approche de la justice, mais de l'approche du juge. Chacun tremblait de devenir la victime d'une erreur, d'une prévention, d'une calomnie ; et souvent le criminel n'était pas celui qui tremblait le plus. Votre commission dans son rapport a dit « que les juridictions prévôtales « devaient être redoutables aux prévenus. » Sans doute on

« a voulu dire aux coupables, » ce qui est bien différent ; chez les nations civilisées, tout prévenu est présumé innocent jusqu'à sa condamnation ! » Voyer-d'Argenson s'exprimait à la tribune avec une grande modération de langage. Son caractère ne lui eût pas fait une habitude des convenances parlementaires, que l'intolérance de la majorité les lui aurait imposées. Ses adversaires l'accusèrent d'avoir parlé « avec une véhémence outrée. (¹) »

Pendant que l'on entrait ainsi dans une voie de restauration universelle, et que l'on empruntait à la vieille monarchie ses tribunaux et ses lettres de cachet, un député arriva à penser, par une filiation toute naturelle d'idées, qu'il était opportun de rétablir un genre de supplice usité en France du temps des Grandes et des Petites justices. Alors, les hautes classes gardaient leurs priviléges jusque dans l'ignominie ; l'homme du tiers périssait par la corde, tandis que l'homme de la noblesse portait aristocratiquement sa tête sur le billot. Pourquoi la Terreur blanche n'aurait-elle pas son instrument spécial ? La guillotine était trop révolutionnaire ; le gibet au contraire rappellerait les bienfaits de la royauté absolue. Il imprimerait une plus grande honte aux familles des condamnés ; la tache se transmettrait de père en fils jusqu'à la génération la plus reculée : ce qui influerait heureusement sur la moralisation du peuple. Si de pareilles aberrations ne se trouvaient pas consignées dans les procès-verbaux officiels du Corps Législatif, il faudrait, pour l'honneur de l'humanité, les ranger parmi les imputations exagérées que les partis se jettent mutuellement, aux époques de troubles. Mais l'incorruptible *Moniteur* a pris soin de nous conserver le discours prononcé par M. Duplessis-Grénédan (d'Ille-et-Vilaine), dans la discussion sur les cours prévôtales, en faveur du gibet monarchique (²).

« Messieurs, dit-il, il est affligeant d'avoir à tourner ses

(¹) *Annales historiques des deux sessions du Corps Législatif,* par ****, et Gautier (du Var).

(²) Ce fut en séance publique et non dans le comité secret, comme regards vers les maux de la société, sur les grands remèdes qu'on est forcé d'y apporter. Mais semblable au médecin que ne rebute ni la vue d'une plaie hideuse qu'il cherche à guérir, ni le dégoût des substances qu'il prépare pour arracher un malade à la mort, vous ne redouterez point d'occuper vos esprits de ces tristes objets, et puisque je suis arrivé aux articles qui traitent de l'exécution des jugements prévôtaux, j'oserai vous dire, Messieurs, il faut changer l'instrument du supplice. Celui que la révolution a introduit, sous prétexte d'humanité (à combien de barbaries n'a-t-il pas servi!), a été consacré par la mort de trop d'innocentes victimes, et teint d'un sang trop pur et trop illustre, pour être employé désormais à la punition du crime. Qu'il soit dévoué à l'expiation du plus grand des attentats. Le temps viendra où, pleins de cette pensée, vous proposerez une loi qui portera qu'à l'avenir nul condamné à mort ne sera décapité. Mais en attendant, rétablissez dans l'exécution des jugements prévôtaux, le supplice usité autrefois en France, et encore aujourd'hui chez nos voisins (*Quelques murmures se font entendre*); l'humiliation qui l'accompagne produira des effets plus salutaires que la peine même.

« La honte deviendra par là le juste salaire du crime; et chaque famille craignant d'en partager l'ignominie, veillera plus soigneusement à le prévenir que les magistrats les plus vigilants. Car loin de combattre comme un préjugé facheux cette opinion populaire ou plutôt ce sentiment naturel qui rend toute une famille responsable, sur son honneur, de la conduite d'un de ses membres, vous la cultiverez précieusement, vous saurez vous en servir pour le maintien de l'ordre et des bonnes mœurs. Heureux le peuple chez lequel la tache d'un seul crime se transmet de père en fils jusqu'à la postérité la plus reculée, et auquel le progrès des lumières n'a point appris qu'on peut marcher la tête levée quand on a un fils parjure, un frère homicide, une mère incestueuse. »

De nouveaux murmures s'élevèrent. Les ultrà, favorables

quelques écrivains l'ont dit par erreur, que M. Duplessis-Grénédan proposa de rétablir le gibet.

à la proposition avant que l'orateur eût pris la parole, n'o-saient plus la soutenir, tant sa hideur apparaissait, en tombant de cette tribune française, féconde autrefois en généreuses aspirations. Mais Duplessis-Grénédan poursuit avec impassibilité :

« Je propose donc cet article additionnel qui trouvera sa place à la suite de l'article 48 :

« Dans l'exécution des jugements des cours prévôtales, le supplice du gibet..... »

Une immense explosion couvre sa voix. C'est le cri de la conscience publique, de l'humanité outragée : — « A l'ordre ! à l'ordre ! à bas ! » Il ne peut continuer.

« Faites la loi que vous voudrez, dit-il avec un geste pathétique de découragement, mais surtout ôtez l'autorité et les emplois des mains de ceux qui en font un si indigne usage ; mettez en place des serviteurs fidèles, et l'État sera sauvé ('). »

('). Cependant un bureau de la Chambre, celui dont M. de Trinquelague faisait partie, reprit la question, et voici en quels termes le député du Gard y exposa les avantages du gibet : « Dans les temps comme ceux où nous sommes, il faut frapper fort, rapidement et sur le plus de points possibles à la fois. Or, une pareille répression est difficile avec la guillotine, instrument fort compliqué, d'un volume énorme, que l'on n'édifie qu'avec beaucoup de peine, et qu'il est presque impossible de transporter. L'ancien mode n'offre aucun de ces inconvénients ; où ne trouve-t-on pas un morceau de corde, une simple ficelle ? Chacun d'ailleurs peut en avoir dans sa poche, et partout il existe un clou, une poutre, ou une branche d'arbre où l'on peut l'attacher. Je suis donc d'avis que l'on abandonne la guillotine pour revenir à la vieille méthode. » La substitution du gibet à la guillotine avait, dans la Chambre introuvable, un grand nombre de partisans ; et il est probable que la proposition de M. Duplessis-Grénédan eût été portée de nouveau à la tribune, dans la session suivante, ainsi que plusieurs autres projets inspirés par le même esprit de réaction, que l'ordonnance du 5 septembre 1816 étouffa dans l'étroit cerveau de leurs auteurs.

LES DÉPÊCHES TÉLÉGRAPHIQUES DE M. DECAZES. — VINGT-QUATRE EXÉCUTIONS A GRENOBLE.

. . . .

Nous connaissons dans tous ses détails l'affaire de Grenoble. Tête ardente, esprit inquiet, imagination féconde, cœur généreux, Didier rêve la délivrance de sa patrie. Il accouple cette idée à l'avénement d'une nouvelle dynastie, dont le chef est ignoré des trois quarts de la population. Pour réunir des soldats autour de son drapeau, il est obligé de déguiser ses projets et d'évoquer le nom de l'empereur, à la chute duquel il a applaudi. Quelques bonapartistes le secondent. Voilà le noyau de cette conspiration qui se proposait, à cent cinquante lieues de la capitale, sans ressources pécuniaires, sans aucune affiliation avec les autres départements, de changer la face du pays. A part ceux des insurgés dont nous avons donné les noms, les autres n'étaient que de malheureux campagnards, égarés par les proclamations de Didier, et, comme nous l'avons dit, croyant trouver Marie-Louise et son fils à Grenoble. Le triomphe de l'ordre public avait été rapide; on aurait pu même l'obtenir sans verser une goutte de sang. Pour cela, on n'avait qu'à fermer les portes de la ville à l'approche des rebelles; ils se fussent retirés en voyant l'inutilité de leur tentative. Mais les fonctionnaires qui, les uns par calcul, les autres par ignorance, avaient laissé Didier préparer tranquillement la sédition, lorsqu'il leur était facile de s'emparer de lui ou de le contraindre à s'éloigner du département (¹), ne s'accommo-

(¹) « Didier était errant, depuis plusieurs, dans les environs de Grenoble, quoique déjà signalé comme auteur d'une tentative du même genre à Lyon ; il prenait peu de précautions ; il s'était fait connaître sous son véritable nom à plus de cinquante personnes ; il avait eu l'imprudence de demeurer longtemps aux portes de la ville, dans

daient pas d'un aussi modeste résultat. A peine si une centaine de paysans avaient paru dans l'action ; pas un soldat
n'avait été blessé ; six insurgés seulement étaient restés sur
le champ de bataille : tel était le bulletin exact de cette
échauffourée. Le lendemain, le général Donnadieu mandait
au ministre de la guerre par une dépêche :

« Vive le roi ! Monseigneur. *Les cadavres de ses ennemis
couvrent tous les chemins à une lieue à l'entour de Grenoble !...*
Les troupes de S. M. se sont couvertes de gloire.... Déjà
plus de soixante scélérats se trouvent en notre pouvoir ; la
cour prévôtale va en faire prompte justice. Je remonte à
cheval à l'instant. Toutes les autorités civiles et militaires
ont fait leur devoir. On évalue le nombre des brigands qui
ont attaqué la ville à quatre mille. »

Et dans une autre dépêche adressée au lieutenant-général
Parthounaux et au maréchal-de-camp Clerc, commandant à
Lyon et à Valence, il disait : « Depuis minuit jusqu'à cinq
heures, la mousqueterie n'a pas cessé dans un rayon d'une
lieue. On amène les prisonniers par centaines. » Le colonel
Vautré dépassa encore ces odieuses fanfaronnades, dans
une lettre au commandant de la compagnie départementale
des Bouches-du-Rhône : « Vous aurez su, disait-il, que les
montagnards du Dauphiné se sont soulevés et ont marché
sur Grenoble. Je les ai dispersés comme de la poussière ;
trois fois cependant, à la porte même de la ville, ils sont
venus sur moi à la baïonnette, en criant : Vive l'Empereur !
J'ai défendu de tirer ; j'ai fait battre la charge, et j'ai ordonné à mes braves grenadiers d'égorger cette canaille à
coups de baïonnettes et aux cris de Vive le roi !... J'atten-
dais le jour avec la plus vive impatience pour les poursuivre. Je suis allé jusqu'à douze lieues sans m'arrêter. Jusqu'à
la Mure, j'ai été précédé par la terreur. J'avais quatre-vingt-
dix hommes avec moi ; mais je n'ai fait donner que *trente*
grenadiers. Il serait difficile de dire combien les brigands

la brasserie du nommé Mirandou. » (pétition présentée aux Chambres en 1820, par les parents des condamnés du département de
l'Isère).

étaient; mais je présume que j'en avais à peu près *mille* devant moi assez bien armés. »

Les cadavres « qui couvraient tous les chemins à une lieue autour de Grenoble » se réduisaient à six morts, dont l'état nominal fut publié par les journaux du gouvernement. C'étaient : Angélico, charpentier à Eybens; Guillot fils, de la Mure; Jean-Baptiste Clermont, de Vizille; Antoine Ballugot, garde champêtre de la même commune; Jouannini, et un inconnu (¹). Les quatre mille brigands du général Donnadieu n'étaient que « trois cents paysans égarés, dont un tiers ignorait le motif pour lequel on leur avait fait prendre les armes, et s'imaginait venir assister à des fêtes et à des réjouissances (²). » Quant au nombre des prisonniers, il était en effet très-considérable; mais cela tenait à ce que les soldats du colonel Vautré et la gendarmerie avaient pris au hasard, sans information, sans indice de culpabilité, tous les villageois qu'ils avaient rencontrés le matin sur la route, et même des cultivateurs qui portaient leurs denrées au marché de la ville. Cent trente individus furent ainsi entassés dans la maison de détention de Grenoble (³).

Une instruction fut commencée par la cour prévôtale.

(¹) *Journal des Débats* du 4 juin 1816.

(²) Discours prononcé à la Chambre des députés le 15 janvier 1817, par M. Decazes, en réponse aux interpellations de M. de Labourdonnaie. (*Moniteur* du 16.)

(³) Deux faits suffiront pour donner une idée de la manière dont procéda la force armée. Le 5 mai, le lieutenant Blanc, à la tête d'un détachement de la légion de l'Hérault, aperçoit un sieur Muller, fabricant de faïence, dont le feu avait été allumé toute la nuit. Muller sortait de son habitation pour aller se laver les mains à une fontaine voisine. Au cri de *qui vive!* il répond : Ami. A peine a-t-il prononcé ce mot qu'il est atteint de huit coups de feu. On le traîne sanglant jusqu'à la prison. Quelques jours après on le rendait à sa famille; aucune charge ne s'élevait contre lui. Il fit une maladie de plusieurs mois et eut le bras amputé par suite de ses blessures. Un nommé D'Alban, de Céchilienne, subit le même sort. Assailli dans son domicile, percé de balles, on le jeta dans une charrette, on le conduisit à l'hôpital militaire. Deux mois plus tard on le renvoyait purement et simplement dans son village, sans avoir jamais été interrogé.

Trois jours après l'insurrection, le 7 mai, ce tribunal exceptionnel rendait un arrêt de mort contre les citoyens Buisson, Drevet et David. Le 8 mai, à cinq heures du soir, on dressait l'échafaud sur la place Grenette pour les deux premiers. La cour prévôtale avait accordé un sursis à David, et décidé qu'une commutation de peine serait demandée au roi : sa participation directe à la prise d'armes n'ayant pas été suffisamment établie ([1]). Dans le trajet de la prison à l'échafaud, Drevet, d'une voix forte et vibrante, entonna *la Marseillaise.* Comme lui, son compagnon montra jusqu'au dernier moment beaucoup de fermeté.

A la nouvelle de ces événements, parvenue à Paris dans la matinée du 6 mai, le conseil des ministres se réunit sous la présidence de M. le duc de Richelieu. Il y fut décidé que le département de l'Isère serait mis en état de siége. La dépêche télégraphique suivante parvint à M. de Montlivaut, le 7 :

Paris, 6 mai, à 6 heures du soir.

« Le département de l'Isère doit être considéré comme étant en état de siége. Les autorités civiles et militaires ont un pouvoir discrétionnaire. »

Et M. Decazes envoyait aux préfets des départements voisins de l'Isère des instructions leur indiquant la ligne de conduite qu'ils avaient à tenir, dans le cas où « le plus léger symptôme d'insurrection se manifesterait. » La plus grande rigueur devait être déployée dès le principe. La gendarmerie, toujours sur pied, ne ferait aucun quartier aux rebelles. Carte blanche était donnée aux magistrats ; l'appui et l'approbation du gouvernement leur étaient assurés pour toutes les mesures qu'ils croiraient utiles.

Grenoble fut livrée à la terreur et au plus épouvantable des régimes, dès que les autorités eurent entre les mains ce pouvoir discrétionnaire qui échappait à toute censure, bri-

([1]) Aux termes de la loi qui instituait les cours prévôtales, le droit de grâce ne pouvait être exercé qu'autant que celles-ci sollicitaient elles-mêmes, en faveur du condamné, la clémence royale.

8.

sait toutes les lois et faisait de tout fonctionnaire un juge en dernier ressort. Le lieutenant-général Donnadieu publia immédiatement cet arrêté :

« Article 1er. Les habitants de la maison dans laquelle sera trouvé le sieur Didier, seront livrés à une commission militaire pour être passés par les armes.

Art. 2. Il sera accordé à celui qui livrera, mort ou vif, ledit sieur Didier, une somme de trois mille francs pour gratification. »

Ce n'était point encore assez, le 9, le préfet et le commandant de la division militaire apposaient leur signature sur le placard suivant :

« Article 1er. Tout habitant dans la maison duquel il sera trouvé un individu ayant fait partie des bandes séditieuses, et qui, l'ayant recélé sciemment, ne l'aurait pas dénoncé sur-le-champ à l'autorité, sera arrêté, livré à la commission militaire et condamné à la peine mort. Sa maison sera rasée.

« Art. 2. Tout habitant qui, vingt-quatre heures après la publication du présent arrêté, n'aura pas obéi à l'arrêté du préfet sur le désarmement, et chez lequel il sera trouvé des armes de guerre, ou qui aurait en son pouvoir des armes de chasse, pistolets, épées, etc., dont il n'aurait pas fait la déclaration, sera livré à la commission militaire et sa maison rasée. »

Un conseil de guerre permanent est formé le 9 pour juger les personnes suspectées d'avoir fait partie de la sédition. Il est ainsi composé : 1º M. le chevalier de Vautré, colonel de la légion de l'Isère, président ; 2º Duclaux-Deymard, chef de bataillon ; 3º Guénerat, capitaine ; 4º Demary, capitaine ; 5º Mack, lieutenant ; 6º Benoit, sous-lieutenant ; 7º Paquel, sergent-major ; 8º Charpenay, capitaine, faisant les fonctions de procureur du roi ; 9º Roudier, capitaine-rapporteur ; 10º Bernard, greffier. Ce conseil entre en fonctions le même jour à onze heures du matin. Trente prisonniers sont amenés à sa barre. Aucune mesure n'a été prise pour assurer leur défense. Trois avocats, MM. Vial, Mallein et Sapey sont venus dans l'intérêt de Claude Piot, Arnaud, Richard, Ribaud et Morin ; ils sont donnés d'office à tous les autres.

Le président appelle le premier accusé, et se borne à lui faire décliner son nom. On entend comme témoins quatre soldats de la garnison. Le colonel Vautré leur demande en masse s'ils reconnaissent l'accusé. Sur leur déclaration affirmative, il clôt le débat. Le prévenu veut faire quelques observations, mais le président lui impose silence par ces mots : — « Tais-toi, coquin ; veux-tu bien te taire ! » L'infortuné n'ose répliquer. Après un simulacre de plaidoirie présenté par M. Sapey, le colonel Vautré allait recueillir les voix ; mais il se ravise et invite le conseil à se prononcer par un seul et même jugement sur tous les inculpés. Cette proposition adoptée, les vingt-neuf comparaissent l'un après l'autre devant le bureau, et sont rapidement confrontés avec les témoins. Cette espèce d'appel nominal terminé, le président se tourne vers MM. Sapey et Mallein. — Avez-vous quelque chose à dire en faveur des accusés? Ces deux avocats supplient en vain le tribunal de leur accorder un délai suffisant pour conférer avec leurs clients, connaître leurs moyens et faire citer au besoin des témoins à décharge. — « C'est oui, ou c'est non ! s'écrie le colonel ; si vous refusez, je vais leur donner d'office, pour défenseur, un soldat pris au hasard. L'affaire est claire ; le conseil n'entend pas demeurer en séance jusqu'au lendemain. »

MM. Mallein et Sapey se résignèrent. N'ayant pu retenir le noms de tous ces malheureux, ils furent souvent obligés de les désigner par la couleur ou par la forme de leurs habits. Ils eurent beaucoup de peine à obtenir une demi-heure d'attention. — « Abrégeons, abrégeons, » disait le président à chaque minute. M. Vial prit la parole le dernier, pour le nommé Morin, pharmacien à la Mure. Voici le colloque qui s'établit entre le président et MM. Vial et Mallein :

Le président. C'est une chose honteuse de venir défendre ici un scélérat, un chef de brigands !

M. Vial. Mais où sont les preuves qu'il soit tel ?

Le président. Les preuves ! Il est inconcevable que vous les demandiez ; vous devriez rougir de vous constituer le défenseur d'un misérable qu'on aurait dû fusiller de suite.

M. Vial. Mais, monsieur le président, je le répète, il n'existe pas de preuves dans la procédure.

Le président. Allez, allez, je n'ai pas besoin de la procédure; je connais son affaire. Je suis allé sur les lieux, et il est inutile de nous débiter tout ce gribouillage.

M. Mallein (se levant avec vivacité) : Monsieur le président, les lois qui régissent les conseils de guerre, comme celles que suivent les tribunaux, veulent que tout accusé soit défendu; que le choix de son conseil lui appartienne, et qu'il lui en soit nommé d'office lorsqu'il n'a pas fait de choix. Nous paraissons ici en vertu du pouvoir que nous ont donné quelques accusés, ou que vous-même vous nous avez conféré à l'égard des autres, en vertu de la loi qui nous permet, qui nous ordonne de dire tout ce qui peut disculper nos clients...

Le président. Ce que je dis là n'est pas pour vous, ni pour celui-là (il désignait M. Sapey) ; mais c'est cet autre qui nous fatigue avec ses phrases ; il y aurait une heure que nous aurions fini sans lui. (S'adressant à M. Vial.) Allons, puisqu'il faut vous entendre, continuez (¹).

L'avocat continue en effet; mais son discours est interrompu à chaque instant par des murmures et par des apostrophes. Plusieurs fois le président répète à demi-voix, et en se moquant, ses expressions. Les conclusions de l'officier faisant les fonctions de procureur du roi terminèrent cette indécente et déplorable audience. Le conseil se retira pour délibérer. Six des accusés étaient des habitants de La Tronche, commune qui n'avait pris aucune part à la sédition. Une patrouille de dragons les avait arrêtés le 5 mai, en plein jour, au moment où ils s'entretenaient paisiblement sur la route. Le sous-lieutenant Benoit, membre du conseil de

---

(¹) *Pétition pour Pierre-François Régnier et autres habitants du département de l'Isère, contre un déni de justice de M. le procureur du roi près le tribunal de la Seine, et de M. le garde des sceaux ; en suite d'une plainte portée contre les sieurs Donnadieu, Montlivaut et consorts, accusés d'assassinat.*

guerre, opina pour leur acquittement absolu. Le président convint qu'ils n'étaient point passibles de la peine capitale; mais il insista pour qu'ils fussent au moins condamnés à deux ans de prison, pour servir d'exemple aux habitants de leur commune, qui avaient un mauvais esprit. Ils furent cependant acquittés. Le sous-lieutenant Benoit était le seul des juges qui eût rédigé quelques notes pendant la séance. Il essaya d'arracher encore à la mort cinq autres individus surpris dans les environs du lieu du combat, mais sans armes toutefois. MM. Demary, Duclaux-Deymard et Charpenay, se montraient favorables à ces accusés, lorsque le colonel Vautré obtint leur condamnation, toujours pour l'exemple, en disant qu'on les recommanderait à la clémence royale et qu'ils auraient ainsi une commutation de peine.

A la reprise de l'audience, le président donna lecture du jugement qui condamnait à la peine de mort : Noël Alloard père, de Saint-Martin-Lamothe, âgé de cinquante-neuf ans, et ses deux fils : Christophe Alloard, âgé de trente-deux ans, et André Alloard, âgé de vingt-un ans; Jean Arnaud, de Vif, âgé de vingt-cinq ans; Antoine Baffer, tailleur d'habits à Eybens, âgé de trente-sept ans; Jean Barbier, cultivateur à Eybens, âgé de vingt-trois ans; François Bard, âgé de vingt-trois ans; Pierre Belin, menuisier à Livet, âgé de quarante-quatre ans; Joseph Carlet, de Varces, âgé de vingt-sept ans; Jean Fiat-Galle, cultivateur à Quaix, âgé de trente-trois ans ; Jean-Baptiste Hoste, maréchal ferrant à Varces, âgé de cinquante-six ans ; Maurice Miard, de la Mure, *âgé de seize ans;* Ambroise Morin, pharmacien à la Mure; Jean-François Mury, de Vizille, âgé de vingt-quatre ans; Antoine Peyraud, de la Mure, âgé de vingt-deux ans; Claude Piot, d'Échirolles, âgé de vingt-sept ans; Louis Régnier et Honoré Régnier (deux frères), âgés le premier de dix-neuf ans et le second de dix-huit ans; Antoine Ribaud, de Saint-Jean-de-Vaulx, âgé de vingt-deux ans; Jean-Baptiste Ussard, âgé de vingt-six ans.

Le recours en grâce formé par le conseil concernait Alloard père, Pierre Belin, Miard, Jean-François Mury et

Claude Piot. « Attendu, disait l'arrêt, qu'ils ont paru moins criminels d'intention, le conseil n'ayant pas le droit de changer la peine de mort, S. M. sera suppliée de la commuer. » L'exécution des seize autres condamnés devait avoir lieu le lendemain à cinq heures du soir. Lorsque la liste fatale circula dans la ville, la population fut frappée de stupeur. Les royalistes eux-mêmes semblaient effrayés de cette justice sommaire. Il était certain que la plupart des victimes étaient étrangères à l'insurrection, ce qui eût été prouvé si l'on eût employé les sages lenteurs d'une procédure légale. Ainsi le maire d'Eybens, M. Alphonse Perrier, et M. Camille Teissère de Grenoble avaient entre les mains la preuve manifeste que Jean-Baptiste Ussard et François Bard étaient complétement innocents. Ils se rendent chez le général Donnadieu, lui communiquent les pièces à décharge; le conseil est convoqué de nouveau et la décision suivante rendue :

« Le même conseil de guerre, réuni extraordinairement en vertu des ordres de M. le lieutenant-général, pour délibérer sur des pièces à décharge en faveur des nommés Jean-Baptiste Ussard et François Bard, transmis à M. le rapporteur, après le jugement rendu, le conseil a déclaré à l'unanimité qu'il serait sursis à l'exécution des dénommés ci-dessus condamnés à la peine de mort. »

Voici la scène épouvantable qui se passait sous les murs de Grenoble, pendant que le télégraphe transmettait à Paris les demandes en grâce. Le vendredi, 10 mai 1816, toutes les portes de la ville furent fermées, à l'exception de la Porte-de-France qui donne sur une vaste esplanade. Là étaient rangées en bataille les troupes de la garnison formant un carré long, ouvert du côté des murs. Le détachement chargé de l'exécution, composé de cent hommes pris dans les deux légions de l'Isère et de l'Hérault, tournait le dos à l'intérieur du carré. Le bruit du tambour annonça l'arrivée du cortège funèbre, et l'on vit s'avancer quatorze condamnés, accompagnés de quatorze prêtres. Ils s'agenouillèrent sur le bord des fossés; leur attitude était calme et résignée; quelques-uns criaient Vive l'Empereur !

d'autres Vive la France! Pour assurer la justesse du tir, l'officier commandant le détachement les fit placer par rang de taille. Le ciel était couvert d'épais nuages ; un orage s'amoncelait, et l'on entendait dans le lointain gronder le tonnerre. La nature partageait l'horreur qui glaçait les âmes humaines. L'officier lève l'épée, pousse le cri de *Vive le roi !* répété par quelques énergumènes ; c'était le signal. Le détachement fait volte-face, les fusils s'abaissent ; quatorze cadavres roulent dans les fossés (¹). Et le soir un banquet de cent couverts réunissait les notabilités royalistes. On y but *à l'entière extermination des révolutionnaires.*

A la réception de la première demande en grâce pour cinq des condamnés, Louis XVIII convoqua le conseil des ministres. MM. de Richelieu et Lainé penchaient vers la clémence. MM. Decazes, Dambray, Dubouchage et le duc de Feltre furent d'avis de n'accorder aucune commutation. Les ultrà continuaient à accuser le cabinet de pactiser avec les ennemis du roi. Pour se maintenir au pouvoir, M. Decazes avait imaginé cette politique de *bascule* qui devait revivre plus tard avec un autre régime sous le nom de juste-milieu. Ce système consiste à rechercher la pensée gouvernementale dans les régions moyennes de l'opinion, et à pencher tour à tour à droite et à gauche. On l'appelle par antiphrase système modéré. Mettant de côté toute question de justice, de conscience et de morale, son moindre inconvénient est de placer les chefs de l'État entre deux conspirations perpétuelles. Engager sciemment un navire entre deux écueils, serait aussi habile. L'avis de M. Decazes prévalut dans le conseil, et le ministre de la police fit partir pour Grenoble cette dépêche télégraphique :

Paris, le 12 mai 1816, à quatre heures du soir.

« Le ministre de la police au général Donnadieu, commandant la septième division militaire.

(¹) Mémoires sur les troubles du Midi, par M. Gabourd.

« Je vous annonce, par ordre du roi, qu'il ne faut accorder de grâce qu'à ceux qui auront révélé des choses
importantes.

« Les vingt-un condamnés à mort doivent être exécutés,
ainsi que David.

« L'arrêté du 9, relatif aux recéleurs, ne peut pas être
exécuté à la lettre. On promet vingt mille francs à ceux
qui livreront Didier.

« DECAZES. »

Lorsque le conseil des ministres prit cette décision, il
n'avait point encore sous les yeux l'arrêt rendu par le
conseil de guerre en faveur ds Jean-Baptiste Ussard et
François Bard. Cependant dès qu'il eut entre les mains
la dépêche télégraphique, le lieutenant-général Donnadieu,
sans attendre une nouvelle réponse, donna l'ordre d'exécuter immédiatement les *sept* condamnés. Le 15 mai la garnison est de nouveau sous les armes. A quatre heures du
soir, Alloard père, Bard, Belin, Mury, Piot, Ussard et
Miard, cet enfant âgé à peine de seize ans, sont conduits
à l'Esplanade. Noël Alloard verse des larmes en s'agenouil-
lant sur cette même place où ses deux fils ont péri quelques jours auparavant. Ancien grenadier de la garde, Piot
veut mourir debout. Le peloton fait feu; les sept victimes
des nécessités politiques du ministère Decazes tombent
percées de balles. Une seule respire encore; c'est le jeune
Miard. Blessé seulement, il se soulève sur ses deux mains;
des cris inarticulés sortent de ses lèvres agonisantes.
« Grâce pour l'enfant! » disent quelques voix. Une seconde
décharge a lieu; le pauvre martyr s'agite dans d'atroces
convulsions. Un dernier coup de feu l'achève. David monta
le lendemain sur l'échafaud.

FIN.